Leo Tolstoi

Die Kerze

Erzählungen

Verlag der
Francke-Buchhandlung GmbH
Marburg an der Lahn

CIP-Titelaufnahme der Deutschen Bibliothek

Tolstoj, Lev N.:
Die Kerze : Erzählungen / Leo Tolstoi. – Marburg an d. Lahn : Francke,
1989
  (Edition C : J ; Nr. 13)
  ISBN 3-88224-653-7
NE: Edition C / J

Umschlaggestaltung: die Zwei – Graphik-Design, Wiesbaden
Texterfassung:
Verlag der Francke-Buchhandlung GmbH/Alexandra Jung
Satz: Druckerei Schröder, Wetter/Hessen
Druck: St.-Johannis-Druckerei, Lahr

Edition C, Nr. J 13

Inhalt

Die Kerze

Das war noch zur Zeit der Leibeigenschaft. Es gab Herren jeder Art. Es gab solche, die an den Tod und an Gott dachten und mit den Leuten Mitleid hatten, es gab aber auch andere, die waren rechte Hunde — sozusagen. Die schlimmsten aber waren diejenigen, die einmal selbst Leibeigene gewesen waren. Im Schmutz geboren, zu Fürsten erkoren! Die machten den armen Leuten das Leben besonders schwer.

So einen Verwalter gab es einmal auf einem Herrengut. Die Bauern hatten Frondienst zu leisten. Land gab es viel, und das Land war gut. Wasser, Wiesen, Wald — alles war in Menge da, und für alle hätte es gereicht, für den Herrn wie für die Bauern. Unglücklicherweise aber hatte der Herr einen von seinem Hofgesinde aus einem andern Dorf zum Verwalter eingesetzt.

Dieser Verwalter hatte also die Macht in den Händen und saß den Bauern auf den Nacken. Er war ein verheirateter Mann, hatte eine Frau und zwei verheiratete Töchter, hatte sich auch schon ein hübsches Stück Geld erspart. Da hätte er also in Frieden und Freuden leben können, ohne zu sündigen; aber er war neidisch und der Sünde verfallen. Es fing damit an, daß er die Bauern außerhalb der dazu bestimmten Tage zur Fronarbeit trieb. Er richtete eine Ziegelei ein und zwang alle, Weiber und Männer, da zu arbeiten, quälte sie halbtot, die Ziegel aber verkaufte er. Die Bauern gingen zum Herrn nach Moskau, sich zu beschweren, erreichten aber nichts. Der Herr schickte sie wieder weg und setzte den Verwalter nicht ab. Der Verwalter erfuhr, daß die Bauern sich über ihn beschwert hatten und zahlte es ihnen heim. Den Bauern ging es jetzt noch schlimmer.

Einmal kurz vor Ostern kamen die Bauern im Wald

zusammen: der Verwalter hatte befohlen, das Unterholz wegzuhauen. Als sie ihr Mittagsbrot aßen, redeten sie untereinander.

„Wie sollen wir dieses Leben nur ertragen? Er richtet uns ganz zugrunde! Er plagt uns mit Arbeit: weder bei Tag noch bei Nacht haben wir Ruhe, und die Weiber auch nicht. Und paßt ihm etwas nicht, dann schimpft er gleich und prügelt uns. Semjon ist von den Schlägen gestorben; den Ansim hat er im Block zu Tode gequält. Worauf sollen wir denn noch warten? Kommt er heut abend wieder her und treibt es zu bunt, dann sollten wir ihn einfach vom Gaul zerren, ihm eins mit dem Beil geben, und die Sache ist erledigt. Wir verscharren ihn irgendwo wie einen Hund, und kein Mensch erfährt etwas davon. Aber eines muß gemacht sein: wir stehen alle füreinander, keiner darf den Verräter spielen."

Der so sprach, war der Bauer Wasilij Mirajew. Er hatte die größte Wut auf den Verwalter. Denn dieser ließ ihn jede Woche peitschen, hatte ihm auch sein Weib abspenstig gemacht und sie als Köchin zu sich genommen.

So redeten die Bauern. Abends kam dann der Verwalter geritten. Er fand auch gleich etwas, was ihm nicht recht war. Unter dem abgehauenen Holz entdeckte er eine junge Linde.

„Ich hab euch doch verboten, Linden zu schlagen!" schrie er. „Wer hat die Linde abgehauen? Sagt es sofort, oder ich lasse euch allesamt auspeitschen."

Er forschte nach, in wessen Reihe die Linde gestanden hatte. Man wies auf den Sidor. Der Verwalter schlug ihm das Gesicht blutig. Und der Wasilij bekam auch noch ein paar Peitschenhiebe, weil sein Holzhaufen zu klein war. Dann ritt der Verwalter wieder heim.

Abends kamen die Bauern wieder zusammen, und Wasilij sagte:

„Ach, ihr Leute! Spatzen seid ihr, keine Menschen! ‚Wir müssen uns wehren, wir müssen uns wehren!' Gilt es aber zu handeln, da versteckt sich alles hinter dem Zaun. So wollten die Spatzen den Habicht bekriegen. ‚Wir halten fest zusammen, wir wehren uns unserer Haut!' Als er aber geflogen kam, da krochen sie alle in die Nesseln, und der Habicht packte, wen er wollte und schleppte ihn weg. Nun kamen die Spatzen wieder heraus: ‚Pieps! Aber da fehlt ja einer von uns. Wer fehlt denn? Der Wanka! Ach was! Der hat's nicht besser verdient. Dem geschieht's ganz recht!' So seid ihr! Habt ihr beschlossen, keinen zu verraten, dann haltet auch euer Wort! Als er den Sidor vernahm, hättet ihr euch alle zusammenrotten und ihn niederschlagen müssen! Da heißt es: ‚Zusammenhalten! Sich wehren!' Und kaum zeigt er sich, da macht sich alles aus dem Staube."

So sprachen sie immer häufiger, und schließlich waren die Bauern fest entschlossen, den Verwalter umzubringen. In der Karwoche ließ er die Bauern wissen, daß sie am Auferstehungstag die herrschaftlichen Haferfelder zu pflügen hätten. Das kränkte die Bauern, und sie kamen in der Karwoche im Hof des Wasilij zusammen und redeten wieder.

„Wenn er den lieben Gott vergessen hat", sagten sie, „und solche Sachen macht, dann muß man ihn wirklich totschlagen. Zugrunde gehen wir ja doch."

Auch Peter Michejitsch war zur Versammlung gekommen. Das war ein stiller Mann, der sich sonst für sich hielt. Diesmal aber war er da, hörte ihren Reden zu und sagte:

„Ihr wollt eine große Sünde begehen, Brüder. Einem Menschen das Leben nehmen, ist eine böse Tat. Eine fremde Seele vernichten, das ist leicht. Aber wie sieht es dann in der eigenen Seele aus? Er tut Böses, und der Lohn für das Böse wird nicht ausbleiben. Wir müssen nur geduldig sein, Brüder."

Nein, das wollte Wasilij nicht hören.

„Immer das alte Lied", sagte er. „Einen Menschen töten ist Sünde? Freilich ist es Sünde. Aber es kommt doch auf den Menschen an. Einen guten Menschen zu töten ist Sünde, so einen Hund totzuschlagen, das erlaubt Gott. Einen tollen Hund muß man doch umbringen, schon aus Mitleid mit den Menschen. Ihn am Leben lassen, das ist eine viel größere Sünde. Wen alles wird er noch zugrunde richten? Und wenn wir schon dafür leiden müssen, so leiden wir doch für unsere Brüder, und die werden es uns zu danken wissen. Lassen wir es aber so weitergehen, so bringt er noch uns alle um. Du redest dummes Zeug, Michejitsch. Ist es denn etwa eine kleinere Sünde, wenn wir an Christi Auferstehungstage alle pflügen müssen? Du selbst gehst doch gewiß nicht hin?"

„Warum sollte ich nicht gehen?" sagte Michejitsch. „Wenn man mich hinschickt, gehe ich auch pflügen. Ich arbeite ja nicht für mich. Und Gott der Herr weiß, wessen Sünde das ist. Wir dürfen nur Ihn nicht vergessen. Was ich da sage, Brüder, ist nicht meine Weisheit. Wenn uns befohlen wäre, Böses mit Bösem zu vergelten, dann stünde es auch so in Gottes Gesetz geschrieben. Es heißt aber dort anders. Willst du das Böse austreiben, gewinnt es auch über dich Gewalt. Einen Menschen zu erschlagen ist nicht schwer, doch das Blut bleibt an der Seele kleben. Einen Menschen töten, das heißt die eigene Seele mit Blut beflecken. Du glaubst, du hättest einen bösen Menschen getötet; du glaubst, du hättest das Böse ausgetrieben, aber nein: in dir selber sitzt nun das Böse, und es ist schlimmer als das andere. Füge dich dem Bösen, und das Böse wird sich dir fügen."

So kamen die Bauern zu keinem Beschluß; jeder hatte seine Meinung. Die einen dachten so wie Wasilij, die anderen stimmten Peter Michejitsch bei und meinten, man solle keine neue Sünde auf sich nehmen, sondern weiter dulden.

Um Ostersonnabend kam der Schulze mit den Schreibern vom Herrenhofe und meldete, Michail Semjonowitsch, der Verwalter, habe befohlen, die Bauern für morgen früh zusammenzurufen, sie hätten das herrschaftliche Haferfeld zu pflügen. Der Schulze ging mit den Schreibern durch das ganze Dorf und sagte allen, daß sie morgen zum Pflügen müßten, die einen auf die Äcker jenseits des Flusses, die anderen auf die an der Landstraße. Die Bauern zeterten zwar, wagten sich aber nicht zu widersetzen. Am Sonntagmorgen zogen sie also mit ihren Pflügen los. In der Kirche läutete man zur Frühmesse, überall wurde Ostern gefeiert – die Bauern aber mußten pflügen.

An diesem Morgen erwachte Michail Semjonowitsch, der Verwalter, recht spät. Er ging nach der Wirtschaft sehen; seine Frau und seine verwitwete Tochter, die zu den Feiertagen gekommen waren, machten sich zurecht, putzten sich, ließen sich von einem Knecht das Wäglein anspannen und fuhren zur Kirche. Als sie zurückgekommen waren, stellte die Magd den Samowar auf, dann erschien auch Michail Semjonowitsch, und sie tranken Tee. Nach dem Tee steckte Michail Semjonowitsch seine Pfeife an und ließ den Schulze holen.

„Nun, hast du die Bauern pflügen geschickt?"

„Jawohl, Michail Semjonowitsch."

„Sind sie alle ausgefahren?"

„Alle. Ich habe sie selbst eingeteilt."

„Eingeteilt hast du sie, aber pflügen sie auch? Fahr mal hin und sieh nach! Ich komme nachmittags auch. Je zwei Pflüge auf eine Deßjatine (Deßjatine = 109,25 Ar), und gut müssen die Kerle pflügen! Finde ich nicht alles in Ordnung, so frag ich nicht viel danach, ob heute Feiertag ist!"

„Zu Befehl!"

Der Schulze wollte schon gehen, da rief Michail Semjonowitsch ihn noch einmal zurück. Der aber konnte es nicht recht herausbringen, was er noch wollte. Er wand sich und zögerte, bis er schließlich sagte:

„Noch etwas: horch doch mal ein bißchen herum, was die Halunken über mich reden. Wer über mich schimpft, und was ein jeder sagt – merk es dir und erzähle mir alles wieder.

Ich kenne dieses Gesindel, arbeiten mögen sie nicht. Fressen und faulenzen, weiter können sie nichts; aber sie denken nicht daran, daß, wer die Zeit zum Pflügen versäumt, auch mit der Saat zu spät kommt. Also hör mal was sie reden, und melde es mir. Ich muß das wissen."

Der Schulze ging, stieg draußen auf seinen Gaul und ritt zu den Bauern aufs Feld.

Die Frau des Verwalters hatte gehört, was ihr Mann zu dem Schulzen gesagt hatte, und trat vor ihn hin und fing an, ihn zu bitten.

„Mein lieber, guter Mischenka, versündige dich nicht an diesem hohen Feiertage, um Christi willen, schick die Bauern wieder nach Hause."

Aber Michail Semjonowitsch verlachte die Worte seiner Frau.

„Die Peitsche ist wohl lange nicht auf deinem Rücken spazieren gegangen, daß du so keck geworden bist und dich in Dinge mischt, die dich nichts angehen!"

„Mischenka, mein Bester, ich habe einen bösen Traum von dir gehabt, hör auf mich, schick die Bauern nach Hause!"

„Jawohl", sagte er, „ich hab's gleich gemerkt: bist fett geworden vom guten Essen, denkst, nun wirst du auch die Peitschenhiebe nicht spüren: Nimm dich in acht!"

Semjonowitsch war richtig böse geworden und befahl seiner Frau, das Mittagessen aufzutragen.

Er aß Sülze, Pastete, Kohlsuppe mit Schweinefleisch, Spanferkel, Milchnudeln, trank Kirschschnaps und aß ein Stück Kuchen dazu. Dann rief er die Köchin und befahl ihr, ein Liedchen zu singen; er selbst aber nahm die Gitarre und spielte dazu.

So saß Michail Semjonowitsch in guter Laune da, klimperte auf der Gitarre und scherzte mit der Köchin.

Nach einer Weile kam der Schulze zurück, verbeugte sich und meldete, was er draußen gesehen hatte.

„Nun, pflügen sie? Werden sie heute fertig?"

„Sie haben schon mehr als die Hälfte gepflügt."

„Sind keine Stellen dazwischen ungepflügt geblieben?"

„Ich habe nichts gesehen. Sie pflügen gut. Sie haben Angst."

„Ist die Erde richtig locker?"

„Die Erde ist ganz weich; sie fällt auseinander wie Mohnkörner."

Der Verwalter schwieg einen Augenblick.

„Nun, was reden sie von mir? Schimpfen sie?"

Der Schulze zögerte mit der Antwort, aber Michail Semjonowitsch befahl ihm, die ganze Wahrheit zu sagen.

„Sage mir alles. Es sind ja nicht deine Worte, sondern die der Leute. Sagst du mir die Wahrheit, so will ich dich belohnen. Verschweigst du mir aber etwas, dann lasse ich dich peitschen, nichts für ungut. He, Katjuschka, gib ihm ein Glas Schnaps, damit er Mut kriegt!"

Die Köchin holte Schnaps. Der Schulze sagte: „Zum Wohl!", trank, wischte den Mund ab und begann zu reden.

„Sie murren, Michail Semjonowitsch, sie murren."

„Was sagen sie denn? Erzähl mir's."

„Sie sagen alle dasselbe: er glaubt nicht an Gott."

Da lachte der Verwalter.

„Wer hat denn das gesagt?"

„Alle sagen es. Sie sagen: er hat sich dem Bösen verkauft."

Wieder lachte der Verwalter.

„Das gefällt mir. Aber erzähle mir, was jeder einzelne geredet hat. Was sagt der Waska?"

„Wasilij schimpft am meisten", sagte er.

„Was sagt er denn? Genau will ich es wissen!"

„Er redet furchtbare Dinge. ‚Der stirbt noch einmal, ohne Buße getan zu haben', sagt er."

„Das ist ein tüchtiger Kerl!" sagte der Verwalter. „Worauf wartet er denn noch? Warum bringt er mich nicht um? Er kommt wohl nicht an mich heran? Schön, Waska, wir werden noch abrechnen! Nun, und Tischka, der Hund – der sagt wohl dasselbe?"

„Alle reden sie schlecht."

„Ja, aber was denn?"

„Es ekelt mich, es zu wiederholen."

„Was ekelt dich denn? Hab keine Angst! Sag's!"

„Sie sagen: der Bauch soll ihm platzen, daß die Eingeweide herauskommen."

Da freute sich Michail Semjonowitsch und lachte laut.

„Wollen sehen, wem sie zuerst herausquellen. Wer hat das gesagt, der Tischka?"

„Keiner hat ein gutes Wort gesagt. Alle schimpfen, alle drohen."

„Nun und der Peter Michejitsch? Was sagt der? Schimpft wohl auch, der Schleicher?"

„Nein, Michail Semjonowitsch, Peter schimpft nicht."

„Was sagt er denn?"

„Er war der einzige von den Bauern, der kein Wort sagte. Ein wunderlicher Kerl! Ich habe gestaunt über ihn, Michail Semjonowitsch."

„Wieso?"

„Ja, was der gemacht hat . . . alle Bauern haben gestaunt!"

„Was hat er gemacht?"

„Er ist zu wunderlich. Ich ritt zu ihm. Er pflügte die schräge Deßjatine am Türkenhügel. Wie ich auf ihn zureite, höre ich jemand singen, mit ganz feiner Stimme, sehr schön; und an seinem Pfluge zwischen den Deichseln schimmert etwas."

„Nun?"

„Es schimmert wie ein Lichtlein. Ich komme näher, und da sehe ich, er hat eine Wachskerze für fünf Kopeken an das Querholz angeklebt, und die brennt, der Wind löscht sie nicht aus. Er hat ein neues Hemd an, geht hinter dem Pflug her und singt Osterpsalmen. Dann dreht er um, er schüttelt den Pflug aus, aber die Kerze brennt immer weiter. Vor meinen Augen hat er die Querstange umgelegt und den Pflug gewendet — aber die Kerze brannte immer weiter."

„Und, hat er was gesagt?"

„Nichts hat er gesagt. Als er mich sah, wechselte er nur den Osterkuß mit mir und fing dann wieder an zu singen."

„Hast du auch nichts zu ihm gesagt?"

„Ich sagte nichts, aber dann kamen die anderen Bauern und spotteten über ihn. ‚Michejitsch', sagten sie, ‚wird sein Leben lang die Sünde nicht abbüßen können, daß er zu Ostern gepflügt hat!'"

„Und was hat er da gesagt?"

„Er sagte nur: ‚Friede auf Erden und den Menschen ein Wohlgefallen!' Dann nahm er wieder den Pflug zur Hand, trieb das Pferd an und sang weiter. Die Kerze aber brannte und erlosch nicht ..."

Der Verwalter lachte nicht mehr. Er legte die Gitarre weg, ließ den Kopf hängen und verfiel in Gedanken.

So saß er eine Weile da, dann jagte er die Köchin hinaus, schickte den Schulzen fort, ging hinter den Vorhang, legte sich auf das Bett und fing an zu stöhnen und zu seufzen, als käme eine Fuhre Getreide gefahren. Seine Frau ging zu ihm und fragte ihn, was ihm fehle. Aber er gab keine Antwort. Er sagte nur:

„Er hat mich besiegt! Nun komm' ich an die Reihe."

Die Frau redete ihm zu:

„Reite doch hinaus und schick die Bauern heim. Dann ist ja alles gut!"

„Ich bin verloren", sagte er, „er hat mich besiegt!"

Da schrie die Frau ihn an:

„Besiegt! Besiegt! Weiter weißt du nichts zu sagen! Reit hinaus, ich lasse dein Pferd satteln."

Das Pferd wurde vorgeführt, und die Frau überredete den

Mann wirklich, hinauszureiten und die Bauern nach Hause zu schicken.

Michail Semjonowitsch ritt aufs Feld. Als er an das Gatter vor dem Dorf kam, machte ein Weib ihm das Tor auf, und er ritt ins Dorf hinein. Kaum sahen die Leute den Verwalter kommen, da versteckten sie sich alle, einige in den Häusern, andere hinter der nächsten Ecke, wieder andere in den Gemüsegärten.

Der Verwalter ritt durch das ganze Dorf und kam zum Gatter am anderen Ende. Es war verschlossen, und er konnte es vom Pferd herunter nicht öffnen. Er rief, man solle ihm aufmachen, aber niemand kam. Da stieg er ab, machte das Gatter auf und wollte wieder aufsitzen. Er stellte den Fuß in den Steigbügel, hob sich in die Höhe, wollte das Bein über-werfen — da scheute das Pferd vor einem Schwein. Der Verwalter aber war ein schwerer, ungelenker Mann und fiel statt in den Sattel mit dem Bauch über das Gatter. In dem ganzen Gatter war nur ein Pfahl, der oben zugespitzt war.

Die Bauern kamen vom Pflügen. Vor dem Gatter schnaubten die Pferde und wollten nicht weiter. Die Bauern schauten hin, da lag der Verwalter auf dem Rücken, die Arme ausgebreitet, die Augen starr — seine Eingeweide waren herausgequollen, und eine große Lache Blut stand da: die Erde hatte es nicht aufsaugen wollen.

Das alles kam dem Gutsherrn zu Ohren, und um noch Böseres zu verhüten, entließ er alle Bauern gegen Zins.

Die Bauern aber verstanden jetzt, daß die Macht Gottes nicht in der Sünde, sondern im Guten offenbar wird.

Wieviel Erde braucht der Mensch?

Die ältere Schwester aus der Stadt besuchte ihre jüngere Schwester im Dorf. Die ältere war mit einem Kaufmann in der Stadt verheiratet und die jüngere mit einem Bauern im Dorf. Die Schwestern tranken Tee und kamen ins Gespräch. Die ältere Schwester begann zu prahlen und ihr Leben in der Stadt zu rühmen: wie geräumig und wie reinlich sie in der Stadt wohne, wie schön sie sich kleide und ihre Kinder putze, wie gut sie esse und trinke, und wie sie Spazierfahrten und Vergnügungen mitmache und Theatervorstellungen besuche.

Die jüngere Schwester fühlte sich dadurch verletzt, und sie begann das Kaufmannsleben herabzusetzen und ihr eigenes Bauernleben zu rühmen.

„Ich würde um nichts in der Welt", so sagte sie, „mein Leben mit dem deinigen vertauschen. Ihr lebt allerdings schöner und sauberer, dafür könnt ihr heute viel Geld verdienen, morgen aber alles verlieren. Es gibt auch ein Sprichwort; der Verlust ist der ältere Bruder des Gewinns. Es kommt ja wirklich vor, daß jemand heute reich ist und morgen betteln geht. Heute lebt ihr gut, und morgen kommt der Böse und verführt deinen Mann zum Kartenspiel oder zum Trunk oder gar zu einer Liebschaft. Und gleich ist euer ganzer Wohlstand zu Ende ... Das kommt doch vor?"

Der Bauer Pachom lag auf dem Ofen und hörte dem Gespräch der beiden Frauen zu.

„Es ist ja alles wahr," sagte er sich. „Unsereiner hat von Kind auf mit der Erde zu schaffen, und daher kommen ihm solche Narrheiten nie in den Sinn. Eines ist nur traurig: wir haben zu wenig Land! Wenn ich genug Land hätte, so fürchtete ich niemand, nicht einmal den Teufel."

Der Teufel aber hatte hinter dem Ofen gesessen und alles gehört. „Es ist gut", sagte er sich, „wir wollen sehen: ich will dir viel Land geben und dich gerade damit fangen."

In der Nachbarschaft wohnte eine Gutsbesitzerin. Sie war nicht sehr reich und besaß etwa hundertzwanzig Deßjatinen (Deßjatine = 109,25 Ar) Land. Anfangs vertrug sie sich mit den Bauern sehr gut und tat ihnen nie etwas zuleide. Nun stellte sie sich aber einen verabschiedeten Soldaten als Verwalter an, und dieser begann, die Bauern mit Geldstrafen zu plagen. Wie sehr sich auch Pachom in acht nahm, kam es doch jeden Tag vor, daß entweder sein Pferd in den fremden Hafer ging oder seine Kuh sich in den Garten verirrte oder die Kälber auf der fremden Wiese weideten; jedesmal gab es Geldstrafen.

Im Winter hieß es plötzlich, daß die Gutsbesitzerin ihr Land verkaufen wolle und daß der Besitzer der Herberge an der Landstraße mit ihr darüber unterhandle. Als die Bauern davon hörten, begannen sie zu jammern und sagten: „Wenn der Wirt das Gut bekommt, wird er uns noch viel ärger zusetzen als die Gutsherrin. Wir können ohne dieses Land nicht auskommen, denn unser Besitz ist darin von allen Seiten eingeschlossen." Die Bauern wollten das Land als Gemeindegut erwerben; sie versammelten sich einige Male, um die Sache zu besprechen, konnten aber nicht einig werden. Jedesmal kam es zu Streitigkeiten, denn der Böse hatte seine Hand im Spiel. Darauf beschlossen die Bauern, daß ein jeder auf eigene Rechnung je nach seinem Vermögen kaufen solle. Pachom beriet sich mit seiner Frau.

„Da alle Leute kaufen", sagte er ihr, „müssen wir auch an die zehn Deßjatinen kaufen. Sonst ist es ja wirklich kein Leben."

Und sie überlegten sich, wie sie es anstellen sollten. Sie hatten hundert Rubel erspart; jetzt verkauften sie ein Füllen und die Hälfte der Bienenstöcke, verdingten den Sohn als

Arbeiter, borgten sich noch etwas beim Schwager und brachten auf diese Weise die Hälfte der Kaufsumme auf.

Nun hatte Pachom ein ordentliches Stück Land. Er verschaffte sich Saat und Kredit und besäte den gekauften Grund. Schon die erste Ernte war so gut, daß er gleich im ersten Jahr sowohl der Gutsherrin als auch dem Schwager die Schuld bezahlen konnte.

So lebte Pachom nun in Freude. Er wäre wohl ganz zufrieden gewesen, wenn ihm die Bauern nicht ständig mit den vielen Flurschäden zugesetzt hätten. Pachom ersuchte sie auf die freundlichste Weise, seine Felder und Wiesen in Ruhe zu lassen; es half aber alles nichts: bald ließen die Hirten die Kühe auf seinen Wiesen grasen, bald verirrten sich nachts die Pferde in sein Korn.

Er zeigte einen Bauern an, dann einen andern, und beiden wurden Geldstrafen zudiktiert. Die Bauern drohten ihm mit dem roten Hahn. Pachom hatte zwar auf seinem Grund und Boden genügend Raum, doch in der Gemeinde wurde es ihm zu eng.

Um jene Zeit kam das Gerücht auf, daß viele Bauern weiter nach Osten auswanderten. Und Pachom sagte sich: „Ich selbst brauche ja nicht auszuwandern, denn ich habe auch hier genügend Land; wenn aber jemand von den Nachbarn auswandern wollte, würde es hier geräumiger werden. Ich würde das Land der Auswandernden aufkaufen und damit meinen Besitz abrunden; ich würde es dann viel bequemer haben, denn jetzt ist es wirklich zu eng!"

Als Pachom einmal zu Hause saß, klopfte bei ihm ein durchreisender Bauer an. Pachom gewährte ihm Nachtquartier, gab ihm zu essen und zu trinken und fragte ihn, woher er des Weges komme. Der Bauer sagte, daß er aus dem unteren Wolgagebiet komme, wo er auf Arbeit gewesen. Sie kamen ins Gespräch, und der Bauer erzählte von den Verhältnissen der Einwanderer in jener Gegend. Viele Leute aus seinem

Dorf seien hingezogen; man habe sie ohne Schwierigkeiten in die Gemeinde aufgenommen und einem jeden zehn Deßjatinen Land zugeteilt. Der Boden sei dort sehr fruchtbar: zwischen den Kornähren könne sich ein Pferd verbergen, und fünf Handvoll Ähren gäben eine Garbe ab.

Pachoms Herz entbrannte. Er sagte sich: „Was soll ich mich hier in der Enge plagen, wenn ich anderswo viel besser leben kann? Ich will meinen hiesigen Besitz verkaufen und mich mit dem Erlös drüben einrichten. Nur muß ich zuerst selbst hin und mir die Sache näher anschauen."

Als die Sommerarbeiten zu Ende waren, machte sich Pachom auf den Weg. Er fuhr bis Ssamara die Wolga hinab und ging von dort etwa vierhundert Werst (1,067 km) zu Fuß. Er kam in die Gegend. Alles stimmte. Die Bauern hatten dort viel Land. Einem jeden waren zehn Deßjatinen zugeteilt, und Fremde wurden ohne Schwierigkeiten in die Gemeinde aufgenommen. Wer aber auch noch Geld mitbrachte, durfte außer den angewiesenen zehn Deßjatinen noch soviel Land kaufen, wie er wollte; eine Deßjatine bester Erde kostete nur drei Rubel. Als Pachom alles an Ort und Stelle kennengelernt hatte, kehrte er zum Herbst nach Hause zurück und begann, seinen Besitz zu verkaufen. Er verkaufte sein Land mit Gewinn, verkaufte sein Gehöft, sein Vieh, trat aus der Gemeinde aus und zog im nächsten Frühjahr mit seiner Familie in die neue Heimat.

Anfangs, während er sich einrichtete, erschien ihm alles vortrefflich; nachdem er aber eine Zeitlang gewirtschaftet hatte, fand er es auch hier zu eng. Im ersten Jahr säte Pachom Weizen auf dem ihm zugeteilten Land, und er gedieh sehr gut. Nun bekam er Lust, noch mehr Weizen zu bauen, doch das zugeteilte Land reichte nicht mehr aus. Auch war es nicht von der nötigen Beschaffenheit. Er ging im nächsten Jahr in die Stadt und pachtete von einem Kaufmann Land auf ein Jahr. Er besäte es; der Weizen gedieh gut, doch das Feld lag zu weit vom Dorf entfernt: er mußte ganze fünfzehn Werst weit fahren. Er sah, daß die reicheren Bauern in der Umgegend wie Gutsbesitzer lebten und von Jahr zu Jahr reicher wurden. „Wenn ich mir noch etwas Land zu Erb und Eigen kaufen könnte", dachte er sich, „würde ich mir auch so ein Gut bauen! Das wäre ein ganz anderes Leben. Dann hätte ich alles beisammen." Und Pachom überlegte sich nun, wie er sich Erbland zulegen könnte.

Er stieß auf einen Bauern, der erst vor kurzem fünfhundert Deßjatinen gekauft hatte, aber in Not geraten war und das Land billig verkaufen mußte. Pachom unterhandelte mit dem Bauern. Sie handelten lange hin und her. Das Geschäft war beinahe abgeschlossen, als bei Pachom eines Tages ein durchreisender Kaufmann einkehrte, um seinen Pferden Futter zu geben. Sie tranken Tee und kamen ins Gespräch. Der Kaufmann erzählte, daß er aus dem fernen Baschkirenland komme. Er hätte dort von den Baschkiren fünftausend Deßjatinen Land gekauft. Das Ganze hätte nur tausend Rubel gekostet. Pachom begann ihn auszufragen. Der Kaufmann erzählte:

„Ich habe das Land so billig bekommen, weil ich zuvor die Gemeindeältesten beschenkt habe: sie bekamen von mir Teppiche und Kaftans für etwa hundert Rubel, eine Kiste Tee, und solche, die Branntwein trinken, bewirtete ich mit Branntwein. Auf diese Weise bekam ich die Deßjatine zu zwanzig Kopeken."

Er zeigte den Kaufvertrag und sagte noch: „Das Land liegt an einem Fluß und ist gutes Steppenland."

Pachom fragte ihn weiter aus, und der Kaufmann sagte: „Es gibt dort so viel Land, daß man es auch in einem Jahre nicht umgehen kann. Alles gehört den Baschkiren. Die Leute sind stumpfsinnig wie die Schafe. Man kann das Land von ihnen beinahe umsonst haben."

„Nun", denkt sich Pachom, „warum sollte ich für meine

tausend Rubel fünfhundert Deßjatinen kaufen und mir dabei noch eine Schuld auf den Hals laden, wenn ich dort für das gleiche Geld viel mehr bekommen kann?"

Pachom erkundigte sich, wie man zu den Baschkiren käme; kaum war der Kaufmann fort, als er sich zur Reise zu rüsten begann. Er vertraute die ganze Wirtschaft seiner Frau an und nahm einen seiner Knechte auf die Reise mit. Sie fuhren zuerst in die Stadt und kauften eine Kiste Tee, Geschenke und Branntwein — alles, wie der Kaufmann gesagt hatte. Sie fuhren und fuhren und legten an die fünfhundert Wersten zurück. Am siebenten Tage kamen sie in das Zeltlager der Baschkiren.

Kaum hatten die Baschkiren Pachom erblickt, als sie alle aus ihren Zelten herauskamen und den Gast umringten. Unter ihnen fand sich auch ein Dolmetscher. Pachom ließ ihn den Leuten sagen, daß er des Landes wegen gekommen sei. Darüber freuten sich die Baschkiren sehr; sie nahmen ihn bei den Händen, führten ihn in ein schönes Zelt, setzten ihn auf Teppiche und Daunenkissen, ließen sich dann alle um ihn im Kreise nieder und traktierten ihn mit Tee. Sie schlachteten auch einen Hammel und bewirteten ihn mit Hammelfleisch. Pachom holte aus seinem Wagen die mitgebrachten Geschenke hervor und verteilte sie unter die Baschkiren. Ein jeder bekam sein Geschenk und etwas Tee. Die Baschkiren waren sehr erfreut. Sie sprachen lange miteinander in ihrem Kauderwelsch und ließen dann den Dolmetsch sprechen.

„Sie lassen dir sagen", sagte der Dolmetsch, „daß sie dich liebgewonnen haben und daß es bei uns Sitte ist, jedem Gast jeden Gefallen zu erweisen und ihm für seine Geschenke Gegengeschenke zu machen. Du hast uns beschenkt; sage uns nun, was dir von unserem Besitz am besten gefällt, damit wir es dir geben."

„Am besten gefällt mir euer Land", entgegnete Pachom. „Bei uns zu Hause ist es eng, und der Boden ist erschöpft; bei euch gibt es aber viel Land, und der Boden ist so gut, wie ich noch keinen gesehen habe."

Der Dolmetsch übersetzte es. Die Baschkiren sprachen wieder lange miteinander. Pachom verstand davon kein Wort, sah aber, daß sie sehr lustig waren: sie schrien und lachten.

Während die Baschkiren so redeten, kam plötzlich ein Mann in einer Fuchsfellmütze ins Zelt. Alle verstummten und erhoben sich. Und der Dolmetsch sagte: „Es ist der Älteste selbst!"

Pachom holte gleich den schönsten Kaftan hervor und überreichte ihn dem Ältesten; auch fünf Pfund Tee gab er ihm. Der Älteste nahm die Geschenke an und setzte sich auf die erste Stelle. Die Baschkiren begannen ihm sofort alles zu erzählen. Der Älteste hörte sie an, nickte mit dem Kopf, daß sie schweigen sollten, und sagte zu Pachom russisch:

„Nun, ich habe nichts dagegen. Nimm dir Land, wo es dir beliebt, wir haben genügend da."

Pachom sagte: „Was heißt das, daß ich mir soviel nehmen darf, wie ich mag? Man muß es doch irgendwie schriftlich abmachen. Welchen Preis verlangt ihr dafür?"

„Wir haben nur einen Preis: tausend Rubel für den Tag."

Pachom verstand es nicht. „Was ist denn der Tag für ein Maß? Wieviel Deßjatinen sind es?"

„Wir können es gar nicht berechnen", erwiderte der Älteste. „Wir verkaufen so: wieviel Land du an einem Tag umgehen kannst, so viel gehört dir. Und so ein Tag kostet tausend Rubel."

Pachom wunderte sich. „In einem Tag", sagte er, „kann man doch ein sehr großes Stück Land umgehen."

Der Älteste lachte: „Ja, und alles soll dir gehören! Wir machen aber noch eine Bindung aus: wenn du am gleichen Tage nicht auf die Stelle zurückkommst, von der du ausgegangen bist, so ist dein Geld verfallen."

„Wie wollt ihr euch die Stelle merken, von der ich ausgehe?"

„Sehr einfach: wir werden uns auf dem Fleck, den du wählst, aufstellen und warten, bis du dein Stück Land umgangen hast. Du nimmst eine Hacke mit und bringst, wo es nötig ist, Grenzmarken an: an den Ecken gräbst du den Rasen auf, und wir werden hinterdrein mit dem Pflug von Marke zu Marke Furchen ziehen. Du kannst einen beliebig großen Kreis machen, doch mit der Bedingung, daß du vor Sonnenuntergang an den gleichen Ort zurückkommst, von dem du ausgegangen bist. Alles, was du umgangen, ist dein!"

Pachom freute sich. Sie beschlossen, früh am Morgen hinauszugehen. Sie sprachen noch eine Zeitlang·miteinander, aßen Hammelfleisch und tranken Tee. Inzwischen war die Nacht angebrochen. Die Baschkiren bereiteten Pachom ein Lager auf Daunenpfühl und gingen auseinander.

Erst kurz vor Tag schlummerte Pachom ein. Und er hatte einen Traum. Er lag, so träumte ihm, in diesem selben Zelt und hörte draußen jemand laut lachen. Er wollte sehen, wer es war, stand auf, ging hinaus und sah den Ältesten der Baschkiren vor dem Zelt stehen. Er hielt sich mit beiden Händen den Bauch und schüttelte sich vor Lachen. Pachom ging auf ihn zu und fragte: „Worüber lachst du denn?" Es war aber gar nicht der Älteste, sondern jener Kaufmann, der ihn einst besucht und ihm vom Baschkirenland erzählt hatte. Er fragte den Kaufmann: „Bist du lange hier?" — Nun war es gar nicht der Kaufmann, sondern jener Bauer aus dem Wolgagebiet, der zu ihm noch früher in der alten Heimat gekommen war. Pachom schaute ihn an: es war auch gar nicht der Bauer, sondern der Teufel selbst mit Hörnern und Hufen; der Teufel lacht, und vor ihm liegt ein Mann, barfuß, nur mit Hemd und Hose bekleidet. Pachom sieht genauer hin: was mag es für ein Mensch sein? Und er sieht — der Mann ist tot und ist niemand anders als er selbst. Pachom erschrak und erwachte. Als er ganz wach war, sagte er sich: „Was es doch nicht alles für Träume gibt!" Er blickte sich um und sah durch die offene Türe, daß es schon tagte. „Ich muß die Leute wekken", denkt er sich, „denn es ist Zeit aufzubrechen." Pachom stand auf, weckte seinen Knecht, der im Wagen schlief, befahl ihm einzuspannen und ging die Baschkiren zu wekken.

„Es ist Zeit", sagte er, „in die Steppe hinauszufahren, um mein· Land abzumessen.

Die Baschkiren machten sich fertig, brachen auf und fuhren teils im Wagen, teils ritten sie nebenher. Pachom fuhr mit dem Knecht in seinem Wagen; sie nahmen auch Hacken mit. Als sie in die Steppe kamen, rötete sich eben der Osten. Der Älteste ging auf Pachom zu, zeigte mit der Hand und sagte:

„Dieses Land, so weit dein Blick reicht, gehört uns. Wähle dir nun ein Stück nach deinem Geschmack." Pachoms Augen brannten vor Verlangen: es war lauter gutes Steppenland, glatt wie eine Handfläche, schwarz wie Mohnkörner; in den Vertiefungen wuchsen Gräser verschiedener Art, die einem bis an die Brust reichten.

Der Älteste nahm seine Fuchsfellmütze ab und legte sie auf den Boden.

„Das soll unser Merkzeichen sein", sagte er. „Von hier sollst du ausgehen und hierher wieder zurückkommen. Was du umgehst, gehört dir."

Pachom holte sein Geld aus der Tasche, legte es auf die Mütze, zog den Kaftan aus und behielt nur sein Unterkleid an. Er schnallte den Gürtel fester um den Leib, steckte sich ein Säckchen Brot in den Busen, band sich eine Kürbisflasche mit Wasser an den Gürtel, zog die Stiefelschäfte höher hinauf, reckte sich, nahm aus den Händen des Knechtes die Hacke und stand so marschbereit da. Er überlegte sich noch, welche Richtung er einschlagen sollte — denn das Land war überall von gleicher Güte. Er sagte sich schließlich: „Es ist ja wirklich einerlei; ich gehe dem Sonnenaufgang zu." Er stellte sich mit dem Gesicht nach Osten, reckte sich und wartete, daß ein Rand der Sonnenscheibe zum Vorschein käme. „Ich will keine Zeit verlieren", sagte er sich, „solange es noch kühl ist, geht es sich viel leichter." Kaum schossen die ersten Sonnenstrahlen am Himmelsrande hervor, als Pachom die Hacke auf die Schulter nahm und in die Steppe ging.

Pachom ging nicht zu schnell und nicht zu langsam. Als er eine Werst weit gegangen war, grub er ein Loch und schichtete einige Rasenstücke übereinander auf, damit das Zeichen von weitem sichtbar sei. Er ging weiter. Seine Glieder waren durch die Bewegung gelenkiger geworden. Er war allmählich in Schwung gekommen und beschleunigte seine Schritte. Er ging noch eine Strecke weiter und grub das zweite Loch.

Pachom blickte sich um. Er konnte im Sonnenlicht gut den Hügel sehen, auch die Leute und selbst das Funkeln der eisenbeschlagenen Räder. Pachom schätzte die Strecke, die er zurückgelegt, auf fünf Werst. Es war ihm wärmer geworden; er zog daher auch das Unterkleid aus, warf es über die Schulter und ging weiter. Nun wurde es heiß. Er blickte auf die Sonne — es war gerade die Stunde, Brotzeit zu machen. „Nun ist gerade ein Viertel des Arbeitstages verstrichen," dachte sich Pachom. „Es ist noch zu früh, einzubiegen. Ich will mir nur die Stiefel ausziehen." Er setzte sich, zog die Stiefel aus, befestigte sie am Gürtel und ging weiter. „Ich will noch an die fünf Werst gehen und dann nach links einbiegen. Hier ist der Boden gar zu gut; es wäre schade, wenn ich schon hier einbiegen wollte. Je weiter ich gehe, um so besser scheint das Land." Er ging noch eine Strecke geradeaus und blickte sich um: der Hügel war kaum noch zu sehen; die Leute darauf erschienen wie Ameisen, und die Wagenräder glänzten kaum merklich in der Sonne. „In dieser Richtung", sagte sich Pachom, „habe ich genug; jetzt heißt es einbiegen!

Ich bin ganz in Schweiß gebadet. Ich will etwas Wasser trinken." Er blieb stehen, grub ein etwas größeres Loch, schichtete die Rasenstücke übereinander, band die Kürbisflasche vom Gürtel, trank und bog dann scharf nach links ein. Er ging und ging, geriet in hohes Gras; es wurde aber immer heißer.

Pachom begann die Müdigkeit zu spüren; er blickte auf die Sonne und sah, daß es just die Mittagsstunde war. „Nun, jetzt darf ich wirklich etwas ausruhen!" Pachom blieb stehen und setzte sich: „Wenn ich mich hinlege, kann ich unversehens einschlafen." Er blieb eine Weile sitzen und ging dann weiter. Anfangs fiel ihm das Gehen leicht, denn das Mittagbrot hatte ihn gestärkt. Es war ihm aber sehr heiß, auch überkam ihn allmählich die Schläfrigkeit. Er ging aber rüstig vorwärts und dachte: „Die Mühe ist kurz, doch das Leben lang."

Nachdem er auch in dieser Richtung eine weite Strecke zurückgelegt hatte, wollte er wieder nach links einbiegen; da stieß er aber auf eine feuchte Talsenkung; es war schade, sie aufzugeben. Er dachte sich: „Hier muß Flachs gut gedeihen." Und er ging noch weiter in der gleichen Richtung. Er nahm also auch noch die feuchte Stelle in seinem Kreis auf, grub wieder ein Loch und machte den zweiten Winkel.

„Ich habe die beiden ersten Seiten zu lang gemacht," sagte sich Pachom, „die dritte Seite muß kürzer werden."

Er begann noch schneller zu gehen, um die dritte Seite des Vierecks zu machen. Er sah auf die Sonne: sie neigte sich der Vesperzeit zu. Auf der dritten Seite hatte er aber erst kaum zwei Werst zurückgelegt, und bis zum Ausgangsort blieben noch immer fünfzehn Werst.

„Nein," sagte er sich, „so geht es nicht: wenn es auch ein schiefes Stück wird, ich muß jetzt geradeaus aufs Ziel gehen. Daß es nur nicht zuviel wird. Ich habe ja auch schon jetzt genug." Pachom grub schnell ein Loch und ging direkt auf den Hügel zu.

Pachom geht also geradewegs auf den Hügel zu, und das Gehen fällt ihm immer schwerer: er schwitzt, die bloßen Füße sind zerschunden und wollen ihm nicht mehr gehorchen. Er will gerne etwas ausruhen, darf es aber nicht mehr; sonst kann er vor Sonnenuntergang nicht zurück sein. Die Sonne wartet nicht und sinkt immer tiefer.

„Habe ich nicht doch einen Fehler gemacht und mir zu viel Land genommen? Wenn ich nur nicht zu spät komme!"

Er blickte bald auf den Hügel, bald auf die Sonne: bis zum Ziel ist es noch weit, die Sonne steht aber schon dicht über dem Steppenrand. Pachom geht mit großer Mühe und beschleunigt immer mehr seine Schritte. Er geht und geht, die Entfernung bleibt aber immer die gleiche; nun fängt er zu laufen an. Er wirft das Unterkleid, die Stiefel, die Kürbisflasche und die Mütze fort und behält nur die Hacke, um sich auf sie zu stützen.

„O weh", sagte er sich, „ich war zu gierig, habe die ganze Sache verdorben, werde vor Sonnenuntergang nicht hinkommen."

Die Angst benimmt ihm den Atem. Er rennt, was er rennen kann; Hemd und Hose kleben ihm am Leibe, sein Mund ist wie ausgetrocknet, die Lunge arbeitet wie ein Schmiedebalg, das Herz hämmert, und die Beine wollen ihn nicht tragen und knicken ein. „Daß ich vor Überanstrengung nicht sterbe!" denkt er voller Angst. Er fürchtet zu sterben, kann aber nicht mehr stehen bleiben.

Er läuft und läuft, erreicht beinahe den Hügel und hört, wie ihn die Baschkiren mit Kreischen und Schreien antreiben. Von diesem Geschrei brennt sein Herz noch mehr. Pachom läuft mit den letzten Kräften, die Sonne erreicht aber schon den Steppenrand, sieht durch den Dunst ganz groß und blutrot aus. Jeden Augenblick kann sie untergehen. Er hat aber nicht mehr weit zu laufen. Pachom sieht die Leute auf dem Hügel stehen; sie winken ihm und treiben ihn an. Er sieht auch die Fuchsfellmütze auf der Erde, sieht sein Geld auf ihr liegen, sieht den Ältesten auf der Erde sitzen und sich mit beiden Händen den Bauch halten. Pachom muß an seinen Traum denken. Er sagt sich:

„Nun habe ich viel Land; ob es mir beschieden ist, darauf zu leben? Wehe! Ich habe mich zugrunde gerichtet, erreiche den Hügel nicht mehr."

Pachom blickt wieder auf die Sonne: sie berührt schon den Horizont, und ein Stück an ihrem Rande ist bereits abgeschnitten. Pachom nimmt seine letzten Kräfte zusammen, beugt sich mit dem ganzen Körper vor, so daß seine Beine kaum mitkommen können. Als Pachom den Hügel erreicht, wird es plötzlich dunkel. Er blickt zurück – die Sonne ist schon untergegangen. Pachom stöhnt auf: „Umsonst war meine ganze Mühe!" Er will stehen bleiben, hört aber die Baschkiren immer noch schreien. Es fällt ihm ein, daß es ihm nur unten so scheint, daß die Sonne schon untergegangen sei; vom Hügel kann man sie wohl noch sehen. Pachom holt Atem und läuft den Hügel hinauf. Oben ist es noch hell. Er erreicht den Gipfel und sieht die Mütze. Vor der Mütze sitzt der Älteste, schüttelt sich vor Lachen und hält sich mit beiden Händen den Bauch. Wieder muß Pachom an seinen Traum denken. Er stöhnt auf, die Beine knicken ihm ein, und er fällt hin, wobei er mit den Händen noch gerade die Mütze berührt.

„Das hast du gut gemacht!" schreit ihm der Älteste zu, „viel Land hast du gewonnen.!"

Pachoms Knecht läuft herbei, um seinem Herrn auf die Beine zu helfen. Pachom liegt aber tot da, und aus seinem Munde rinnt Blut.

Der Knecht nahm die Hacke, grub ein Grab, genau so lang, als Pachoms Körper war – drei Ellen – und verscharrte seinen Herrn.

Gott sieht die Wahrheit, aber sagt sie nicht so bald

In der Stadt Wladimir lebte der junge Kaufmann Aksjonow. Er besaß zwei Kaufläden und ein Haus. Von Aussehen war er blond und hübsch, außerdem ein lustiger Geselle und Liedersänger. In seiner Jugend hatte er viel getrunken und im Trunke viel gerauft. Seitdem er aber verheiratet war, hatte er das Trinken aufgegeben, und es kam nur noch selten bei ihm vor. Einmal im Sommer wollte Aksjonow nach Nischnij zur Messe fahren. Als er sich von den Seinen verabschiedete, sagte seine Frau zu ihm: „Jwan Dmitrijewitsch, reise heute nicht fort, ich habe einen Traum gehabt, der nichts Gutes verhieß.“

Aksjonow antwortete lachend:

„Du hast wohl Angst, daß ich auf der Messe wieder zu trinken anfange?“

Die Frau aber antwortete:

„Ich weiß selbst nicht, wovor ich Angst habe, aber es war ein böser Traum; mir träumte, du kommst aus der Stadt zurück, und wie du die Mütze abnimmst, ist dein Kopf ganz grau.“

Aksjonow lachte:

„Das bedeutet Gewinn. Du wirst es sehen: wenn ich gute Geschäfte mache, bring’ ich dir feine Geschenke mit.“ Und er nahm Abschied von den Seinen und fuhr fort.

Auf halbem Wege traf er einen Kaufmann, den er kannte, und kehrte mit ihm zur Nacht in ein Wirtshaus ein. Sie tranken zusammen Tee und legten sich dann in zwei Zimmern nebeneinander schlafen. Aksjonow war kein Langschläfer. Er wachte mitten in der Nacht auf, und da er gerne in der kühlen Morgenluft fahren wollte, weckte er den Kutscher und ließ anspannen. Dann trat er in die Wirtsstube, rechnete mit dem Wirt ab und fuhr weiter.

Als er an die vierzig Werst gefahren war, machte er wieder halt, um die Pferde zu füttern. Er ruhte im Vorhaus der Wirtschaft aus, ging um die Mittagsstunde auf die Vortreppe hinaus, ließ sich einen Samowar geben, holte seine Gitarre hervor und begann zu spielen. Plötzlich kommt in den Hof eine Troika mit Schellengeläute gefahren, und ein Beamter und zwei Soldaten steigen aus dem Wagen. Der Beamte geht auf Aksjonow zu und fragt ihn, wer er sei und woher er käme. Aksjonow gibt auf jede Frage Antwort und fragt, ob sie nicht mit ihm ein Gläschen Tee trinken wollen. Der Beamte fragt aber immer weiter: wo er in der letzten Nacht gewesen, ob allein oder mit einem Kaufmann, ob er jenen Kaufmann heute früh gesehen habe, und warum er so früh aufgebrochen sei? — Aksjonow wunderte sich, warum man ihn nach allen diesen Dingen fragte, gab aber auf alles Antwort und sagte:

„Was fragt ihr mich so aus? Ich bin weder Dieb noch Räuber, fahre in eigenen Geschäften, und da gibt es nichts zu fragen."

Der Beamte rief aber die Soldaten herbei und sagte:

„Ich bin der Kreisrichter und frage dich darum aus, weil man dem Kaufmann, mit dem du die letzte Nacht zusammen gewesen bist, die Kehle durchschnitten hat. Zeig deine Sachen her, und ihr durchsucht ihn!"

Sie gingen ins Haus, nahmen seinen Koffer und Sack vor, schnürten alles auf und begannen zu suchen. Der Kreisrichter zog plötzlich ein Messer aus dem Reisesack und rief: „Wessen Messer ist das?"

Aksjonow sieht, daß man aus seinem Sack ein blutiges Messer herausgezogen hat und erschrickt.

„Warum ist das Messer blutig?"

Aksjonow will antworten, kann aber kaum ein Wort hervorbringen. „Ich — ich weiß nicht — ich — das Messer — es ist nicht mein Messer —"

Da sagte der Kreisrichter:

„Heute früh fand man den Kaufmann mit durchschnittener Kehle im Bett. Außer dir kann es niemand getan haben. Das Haus war von innen verschlossen, und außer dir war niemand drin. Nun findet man das blutige Messer in deinem Sack, und auch deinem Gesicht sieht man's an. Sag, wie du ihn ermordet und wieviel Geld du geraubt hast!"

Aksjonow schwur bei Gott, daß er von der Sache nichts wisse, daß er den Kaufmann, nachdem er mit ihm Tee getrunken, nicht mehr gesehen habe; er habe nur achttausend Rubel eigenes Geld bei sich, und das Messer gehöre ihm nicht. Aber seine Stimme stockte immer, und er war blaß und zitterte am ganzen Leibe wie ein Schuldiger.

Der Kreisrichter rief die Soldaten und ließ ihn binden und auf den Wagen laden. Als man Aksjonow mit gefesselten Beinen auf den Wagen lud, bekreuzigte er sich und weinte. Man nahm ihm seine Sachen und sein Geld ab und brachte ihn in die nächste Stadt ins Gefängnis. Man erkundigte sich in Wladimir, was für ein Mensch Aksjonow sei, und die Kaufleute und Bürger sagten aus, daß er in seiner Jugend viel getrunken und ein lustiges Leben geführt habe, aber sonst ein anständiger Mensch sei. Dann kam er vors Gericht. Man beschuldigte ihn, den Kaufmann aus Rjasan ermordet und zwanzigtausend Rubel geraubt zu haben.

Aksjonows Frau grämte sich und wußte gar nicht, was sie sich denken sollte. Ihre Kinder waren klein, und eines hatte sie noch an der Brust. Sie nahm alle Kinder mit und fuhr in die Stadt, wo ihr Mann im Gefängnis saß. Anfangs wollte man sie nicht zu ihm lassen, aber sie bat die Aufseher so lange, bis sie sie doch zu ihm führten. Als sie ihn in Sträflingskleidern und Ketten unter lauter Mördern sah, fiel sie zu Boden und konnte lange nicht zu sich kommen. Dann stellte sie die Kinder vor sich hin, setzte sich neben den Mann, erzählte ihm von den häuslichen Angelegenheiten und fragte ihn nach allem, was mit ihm geschehen war. Er erzählte ihr auch alles. Und sie fragte:

„Was soll nun werden?"

Er antwortete: „Man muß ein Gesuch an den Zaren schreiben. Ein Unschuldiger darf doch nicht zugrunde gehen!"

Die Frau sagte, sie hätte schon ein Gesuch abgeschickt, das sei aber wohl gar nicht vor den Zaren gekommen. Aksjonow sagte darauf nichts.

Da sprach die Frau:

„Nicht umsonst sah ich dich wohl damals im Traume mit grauem Kopf. Nun bist du vor Kummer wirklich grau geworden. Du hättest an jenem Tage nicht fahren sollen."

Und sie begann ihm den Kopf zu streicheln und fragte: „Wanja, Herzensfreund, sag deiner Frau die Wahrheit: hast du es wirklich nicht getan?"

Aksjonow antwortete nur:

„Auch du glaubst das von mir?", bedeckte das Gesicht mit den Händen und fing zu weinen an. Da kam ein Soldat und sagte, die Frau und die Kinder müßten jetzt weggehen. Und Aksjonow nahm zum letztenmal Abschied von den Seinen.

Als die Frau fort war, überlegte sich Aksjonow noch einmal, was sie gesprochen hatten. Bei dem Gedenken, daß auch seine Frau ihn für schuldig gehalten und gefragt hatte, ob er den Kaufmann nicht doch ermordet hätte, sagte er sich: „Außer Gott kann wohl niemand die Wahrheit wissen; nur zu ihm muß ich beten und nur von ihm kann ich Gnade erwarten." Und er hörte auf, Gnadengesuche einzureichen und zu hoffen, und betete nur zu Gott.

Man verurteilte ihn zu Knutenhieben und zur Zwangsarbeit in Sibirien. Das Urteil wurde auch vollstreckt. Er bekam die Knute, und als die Wunden verheilt waren, wurde er mit anderen Sträflingen nach Sibirien verschickt.

Aksjonow lebte in Sibirien sechsundzwanzig Jahre im Zuchthaus. Sein Kopfhaar wurde weiß wie Schnee, und es wuchs ihm ein langer, dünner, grauer Bart. Alle seine Lustigkeit war dahin. Er ging gebückt und langsam, sprach wenig, lachte nie und betete oft.

Im Zuchthaus lernte er das Schusterhandwerk. Für das Geld, das er damit verdiente, kaufte er sich die Heiligenlegende und las darin, wenn es im Zuchthaus hell war. An Feiertagen ging er in die Gefängniskirche, las beim Gottesdienst die Apostelgeschichte vor und sang auch im Chor mit; seine Stimme war noch immer schön. Die Obrigkeit liebte ihn für seine Bescheidenheit, und die Mitgefangenen achteten ihn und nannten ihn Großvater und Mann Gottes. Wenn die Gefangenen die Obrigkeit um etwas bitten wollten, so schickten sie immer Aksjonow hin, und wenn es unter ihnen Streit gab, so riefen sie ihn zum Richter an.

Von zu Hause bekam er keine Briefe, und er wußte nicht einmal, ob seine Frau und die Kinder noch am Leben seien.

Einmal kamen neue Sträflinge ins Zuchthaus. Abends versammelten sich die Alten um die Neuen und begannen sie auszufragen, wer sie seien, aus welchen Städten und Dörfern sie kämen und was sie angestellt hätten. Aksjonow saß mit den andern auf der Pritsche neben den Neuen und hörte mit gesenktem Kopf zu, was sie erzählten. Einer von ihnen war ein großer, kräftiger Mann von etwa sechzig Jahren mit grauem, gestutztem Bart. Er erzählte, wofür man ihn verhaftet hätte: „Für nichts und wieder nichts bin ich hierher geraten, Brüder. Habe einem Fuhrmann das Pferd vom Schlitten losgebunden, da faßte man mich und sagte, ich hätt' es gestohlen. Und ich sagte, ich hätte nur schneller vorwärts kommen wollen; hab' ja das Pferd auch gleich laufen lassen. Und der Fuhrmann war sogar mein Freund. ‚Die Sache ist in

Ordnung', — sage ich. ‚Nein', — sagt man mir — ‚du hast es gestohlen'. — Was ich aber gestohlen habe und wo, das wissen sie nicht. Das waren Sachen, für die ich schon längst hierher hätte kommen müssen. Aber man konnte mir nichts beweisen. Nun haben sie mich gegen jedes Gesetz hierher gebracht. Die Wahrheit zu sagen: ich war schon einmal in Sibirien, bin aber hier nicht lange zu Gast geblieben."

„Wo kommst du denn her?" fragte einer der Sträflinge.

„Aus der Stadt Wladimir, bin Kleinbürger, heiße mit Vornamen Makar und mit Vatersnamen Ssemjonowitsch."

Aksjonow hob den Kopf und fragte:

„Sag mal, Ssemjonowitsch, hast du in Wladimir nichts von den Kaufleuten Aksjonow gehört? Leben die noch?"

„Gewiß hab' ich von ihnen gehört. Reiche Kaufleute sind's, wenn auch der Vater in Sibirien ist. Ist wohl auch so einer wie wir Sünder. Und du, Großvater, für was für Sachen bist du hier?"

Aksjonow erzählte nicht gern von seinem Unglück. Er seufzte und sagte nur:

„Meiner Sünden wegen bin ich schon das sechsundzwanzigste Jahr hier im Zuchthaus."

Makar Ssemjonowitsch fragte:

„Wegen welcher Sünden?"

Aksjonow erwiderte nur: „Werde es wohl schon verdient haben", und wollte nichts mehr sagen. Aber die anderen Sträflinge erzählten dem Neuen, wie Aksjonow nach Sibirien geraten war. Sie erzählten, wie jemand einen Kaufmann unterwegs umgebracht und das Messer hinterher Aksjonow zugesteckt hatte, und wie er dann unschuldig verurteilt worden war.

Als Makar Ssemjonowitsch das hörte, sah er Aksjonow an, schlug sich mit den Händen auf die Knie und sagte:

„Ist das ein Wunder! Bist du aber alt geworden, Großvater!"

Man fragte ihn, was denn so wunderbar sei und wo er Aksjonow schon einmal gesehen hätte. Makar Ssemjonowitsch gab aber darauf keine Antwort und sagte nur:

„Ist das ein Wunder, Kinder, wie man sich so trifft!"

Bei diesen Worten kam Aksjonow der Gedanke, ob es diesem Menschn nicht bekannt sei, wer den Kaufmann umgebracht habe. Und er fragte ihn:

„Hast du vielleicht schon früher von der Sache gehört, Ssemjonowitsch, oder hast du mich schon früher gesehen?"

„Wie sollte ich von der Sache nicht gehört haben?! Man hört so mancherlei in der Welt. Aber es ist lange her, und ich habe schon vergessen, was ich darüber gehört habe."

„Vielleicht hast du gehört, wer den Kaufmann umgebracht hat?"

Makar Ssemjonowitsch lachte und sagte:

„Ihn hat wohl der umgebracht, in dessen Sack man das Messer gefunden hat. Und wenn dir auch jemand das Messer zugesteckt hat: nicht gefangen, nicht gehangen. Wie hätte man dir auch das Messer zustecken können? Du hast doch wohl den Sack an deinem Kopfende gehabt und hättest es hören müssen!"

Als Aksjonow diese Worte hörte, kam ihm gleich der Gedanke, daß dieser Mensch den Kaufmann umgebracht haben müsse. Er stand auf und ging fort. Die ganze Nacht konnte Aksjonow keinen Schlaf finden. Schwermut bedrückte ihn, und allerlei Bilder und Gedanken kamen ihm in den Sinn. Bald sah er seine Frau, wie er von ihr bei seiner Abreise zur Messe Abschied genommen; er sah sie wie lebendig vor sich und hörte ihre Stimme und ihr Lachen. Bald sah er seine Kinder, so klein, wie sie damals waren; das eine im Pelzchen, das andere an der Mutter Brust. Auch seiner selbst erinnerte er sich, wie er damals gewesen, jung und lustig; er erinnerte sich, wie er auf der Treppe vor der Wirtschaft gesessen, wo man ihn später verhaftet hatte, wie er die

Gitarre gespielt, und wie lustig ihm damals zumute gewesen war. Und er gedachte auch der Richtstätte, wo er seine Knutenstrafe bekommen, des Henkers und des Volkes ringsum, der Ketten und der Sträflinge und seines ganzen sechsundzwanzigjährigen Lebens im Zuchthaus und seines Alters. Und ihn befiel solche Schwermut, daß er Hand an sich hätte legen können!

„Und alles wegen dieses Bösewichts!" dachte Aksjonow.

Und er fühlte solche Wut gegen Makar Ssemjonowitsch, daß er an ihm Rache nehmen wollte, und wenn er auch selbst dabei zugrunde ginge. Er betete die ganze Nacht, konnte aber keine Ruhe finden. Am Tage ging er Makar Ssemjonowitsch aus dem Wege und blickte ihn nicht einmal an.

So vergingen zwei Wochen. Nachts konnte Aksjonow keinen Schlaf finden, und es war ihm so schwer zumute, daß er gar nicht wußte, was anzufangen.

Als er eines Nachts im Zuchthaus umherging, bemerkte er, wie unter einer Pritsche Erde aufgeworfen wurde. Er blieb stehen und sah zu. Plötzlich kam unter der Pritsche Makar Ssemjonowitsch hervor und blickte Aksjonow erschrocken an. Aksjonow wollte weitergehen, um ihn nicht zu sehen. Aber Makar ergriff ihn bei der Hand und erzählte, er hätte einen Gang unter der Mauer gegraben; die Erde trage er jeden Tag, wenn man sie zur Arbeit treibe, in den Stiefeln heraus und schütte sie auf die Straße. Er sagte:

„Nichts verraten, Alter, dann bringe ich auch dich heraus! Zeigst du mich aber an, so werde ich geknutet, und das vergesse ich dir nicht und bringe dich um!"

Als Aksjonow den Bösewicht vor sich sah, begann er vor Wut zu zittern. Er machte seine Hand los und sagte:

„Ich habe keinen Grund, von hier fortzugehen, und mich umbringen kannst du nicht, denn du hast mich schon längst umgebracht. Ob ich dich aber anzeige oder nicht, das kommt darauf an, was Gott mir eingeben wird."

Als man am andern Tag die Sträflinge zur Arbeit führte, merkten die Soldaten, wie Makar Ssemjonowitsch Erde ausschüttete. Man sah im Gefängnis nach und fand den Gang unter der Mauer. Der Zuchthausvorsteher kam und fragte alle Sträflinge, wer den Gang gegraben hätte. Keiner wollte von der Sache etwas wissen. Und die, die es wußten, zeigten Makar Ssemjonowitsch nicht an; denn es war ihnen bekannt, daß man ihn dafür halbtot knuten würde. Da wandte sich der Zuchthausvorsteher zu Aksjonow. Er wußte, daß Aksjonow ein aufrichtiger Mann war, und sagte ihm:

„Alter, du liebst die Wahrheit. Sag mir bei Gott, wer das getan hat!" Makar Ssemjonowitsch stand da, als ob nichts geschehen wäre, sah den Vorsteher an und blickte sich nach Aksjonow gar nicht um. Aksjonow zitterten Hände und Lippen, und er konnte lange kein Wort hervorbringen. Er dachte sich: „Wenn ich ihn nicht anzeige, — warum soll ich ihm verzeihen; wenn er mich ins Verderben gestürzt hat? Möge er nur für meine Qualen aufkommen. Zeige ich ihn aber an, so wird man ihn halbtot knuten. Und was, wenn ich ihn in falschem Verdacht habe? Und wird mir davon überhaupt leichter werden?"

Und der Vorsteher sagte noch einmal: „Nun, Alter, sprich die Wahrheit: wer hat den Gang gegraben?"

Aksjonow blickte Makar an und antwortete: „Ich kann es nicht sagen, Euer Hochwohlgeboren. Gott will nicht, daß ich spreche, und ich werde nicht sprechen. Macht mit mir, was Ihr wollt, denn ich bin in Eurer Gewalt."

So sehr der Vorsteher auch in ihn drang, Aksjonow sagte kein Wort mehr. So erfuhr man auch nicht, wer den Gang gegraben hatte.

Als Aksjonow in der nächsten Nacht auf seiner Pritsche lag und eben einschlafen wollte, hörte er, wie jemand zu ihm kam und sich ihm zu Füßen setzte. Er blickte in die Dunkelheit und erkannte Makar.

Aksjonow fragte:

„Was willst du noch von mir? Was suchst du da?"

Makar Ssemjonowitsch gab keine Antwort. Aksjonow setzte sich etwas auf und fragte weiter:

„Was willst du? Geh fort, oder ich rufe die Wache!"

Makar Ssemjonowitsch beugte sich zu Aksjonow vor und flüsterte:

„Iwan Dmitrijewitsch, verzeihe mir!"

Aksjonow fragte: „Was soll ich dir verzeihen?"

„Ich habe den Kaufmann umgebracht, ich habe dir das Messer zugesteckt. Ich wollte auch dich umbringen, aber auf dem Hof gab es irgendein Geräusch. Da steckte ich das Messer in deinen Sack und kletterte zum Fenster hinaus."

Aksjonow schwieg und wußte nicht, was zu sagen. Makar Ssemjonowitsch aber glitt von der Pritsche herunter, verbeugte sich bis zur Erde und sagte:

„Iwan Dmitrijewitsch, verzeihe mir, verzeihe mir um Gottes willen! Ich werde gestehen, daß ich den Kaufmann umgebracht habe, dann läßt man dich frei, und du kannst nach Hause zurückkehren."

Aksjonow sagte aber:

„Du hast gut reden, aber was fange ich jetzt an? Wohin soll ich gehen? Meine Frau ist tot, und die Kinder haben mich vergessen. Ich kann nirgends hin."

Makar Ssemjonowitsch stand nicht auf, sondern schlug mit dem Kopf gegen den Boden und bat:

„Iwan Dmitrijewitsch, verzeihe! Als man mich mit der Knute strafte, war mir leichter zumute, als wenn ich dich jetzt ansehe. Und du hast dich auch meiner erbarmt, hast mich nicht angezeigt. Verzeihe mir, um Christi willen, verzeihe mir verruchtem Verbrecher!" Und er fing zu schluchzen an.

Als Aksjonow ihn schluchzen hörte, begann er auch selbst zu weinen und sagte:

„Gott wird dir verzeihen. Vielleicht bin ich hundertmal schlechter als du!"

Und plötzlich wurde ihm seltsam leicht ums Herz, er bangte nicht mehr nach seiner Heimat, wollte nicht mehr aus dem Zuchthause und dachte nur noch an seine Sterbestunde.

Makar Ssemjonowitsch hörte aber nicht auf ihn und legte ein Geständnis ab. Als aber der Befehl kam, daß man Aksjonow freilassen solle, war er schon tot.

Wo Liebe ist, da ist auch Gott

In der Stadt lebte ein Schuster namens Martyn Awdejitsch. Er wohnte in einem Kellerstübchen mit nur einem Fenster. Das Fenster ging auf die Straße. Durch das Fenster konnte er die Leute vorbeigehen sehen. Obwohl er nur die Füße sah, erkannte Martyn Awdejitsch die Menschen an den Stiefeln. Martyn Awdejitsch lebte schon lange in dieser Wohnung und kannte viele Leute. Es gab nur wenig Stiefel in diesem Viertel, die nicht einmal oder zweimal in seinen Händen gewesen wären. Die einen hatte er besohlt, die andern geflickt, andere besteppt, und an manchen neue Kappen angebracht. Oft sah er durchs Fenster seiner Hände Arbeit. Er hatte viel zu tun, weil er ordentlich arbeitete, gutes Material lieferte, nicht zu teuer war und sein Wort hielt. Konnte er die Arbeit zur rechten Zeit machen, so übernahm er sie; und wenn er das nicht konnte, so belog er die Leute nicht, sondern sagte es ihnen im voraus an. Alle kannten Awdejitsch, und er hatte immer genug zu tun. Awdejitsch war immer ein guter Mensch gewesen, als er aber alt wurde, begann er immer mehr an seine Seele zu denken und zu Gott zu streben. Als Martyn noch bei einem Meister arbeitete, war seine Frau gestorben. Die Frau hatte ihm einen dreijährigen Knaben hinterlassen. Sie hatten kein Glück mit den Kindern, die älteren waren alle früh gestorben. Martyn wollte anfangs das Söhnchen seiner Schwester aufs Land geben, dann tat es ihm aber leid, und er sagte sich: „Schwer wird es meinem Kapitoschka fallen, bei fremden Menschen zu leben. Ich will ihn bei mir lassen." Und Awdejitsch ging vom Meister fort und zog mit dem Söhnchen in die Mietsstube. Gott gab aber Awdejitsch in den Kindern kein Glück. Kaum war der Knabe etwas herangewachsen und hatte seinem Vater zu helfen begonnen, so daß es eine Freude war, da befiel Kapitoschka eine Krankheit; er lag eine Woche im Fieber und starb. Als Martyn den Sohn begraben hatte, fiel er in Verzweiflung. Er verzweifelte so sehr, daß er gegen Gott zu murren anfing. Solcher Gram befiel Awdejitsch, daß er Gott mehr als einmal um den Tod bat und Ihm vorwarf, daß er nicht ihn, den Alten, sondern den einzigen geliebten Sohn zu sich genommen hatte. Awdejitsch hörte auch auf, zur Kirche zu gehen. Einmal kam zu Awdejitsch ein alter Landsmann, der schon das achte Jahr pilgerte und eben im Troiza-Kloster gewesen war. Awdejitsch kam mit ihm ins Gespräch und begann ihm sein Leid zu klagen. „Ich habe auch nicht mehr Lust zum Leben", sagte er ihm, „du göttlicher Mann. Wenn ich nur sterben könnte. Nur den Tod erflehe ich noch von Gott. Ganz ohne Hoffnung lebe ich dahin."

Und der Alte sagte ihm: „Nicht gut ist, was du sprichst, Martyn. Wir dürfen Gott nicht richten. Alles geschieht nicht nach unserem Verstand, sondern nach Gottes Ratschluß! Gott hat beschlossen, dein Sohn soll sterben und du sollst leben. Also wird es so wohl besser sein. Und deine Verzweiflung kommt bloß daher, daß du nur zu deiner eigenen Lust leben willst."

„Wozu soll man aber leben?" fragte Martyn.

Und der Alte sagte: „Für Gott muß man leben, Martyn. Er gibt dir das Leben, und du mußt für ihn leben. Wenn du für ihn lebst, wirst du nichts mehr betrauern, und alles wird dir leicht erscheinen."

Martyn schwieg und fragte nach einer Weile: „Wie lebt man aber für Gott?"

Und der Alte sagte ihm: „Wie man für Gott lebt? Das hat uns Christus gelehrt. Verstehst du zu lesen? Kaufe dir die Evangelien und lies: du wirst da erfahren, wie man für Gott lebt. Da ist alles erklärt."

Diese Worte fielen in Martyns Herz. Und er ging am selbigen Tage hin und kaufte sich ein Neues Testament in großem Druck und begann darin zu lesen.

Awdejitsch wollte anfangs nur an Feiertagen lesen; als er aber zu lesen anfing, wurde ihm so wohl ums Herz, daß er jeden Tag las. Oft vertiefte er sich so sehr ins Buch, daß auch, wenn in der Lampe das ganze Petroleum ausbrannte, er sich vom Buch noch immer nicht losreißen konnte. Und Awdejitsch las jeden Abend. Und je mehr er darin las, um so klarer begriff er, was Gott von ihm will und wie man für Gott leben muß; und es wurde ihm immer leichter und leichter ums Herz. Wenn er früher zu Bett ging, stöhnte und ächzte er und dachte immer an seinen Kapitoschka; jetzt aber sagte er: „Preis sei dir, Preis sei dir, Herr, dein Wille geschehe!" Von nun an war sein ganzes Leben ein anderes geworden. Früher kehrte er an Feiertagen oft in einem Wirtshaus ein, trank Tee und verschmähte auch ein Schnäpschen nicht. Wenn er es mit einem Bekannten getrunken hatte, so verließ er das Wirtshaus, wenn auch nicht berauscht, so doch angeheitert, und redete Unsinn und verurteilte und verleumdete oft seine Mitmenschen. Jetzt lag ihm dies alles fern. Sein Leben wurde ruhig und freudig. Am Morgen setzte er sich an die Arbeit, verrichtete sein Tagewerk, nahm dann das Lämpchen vom Haken, stellte es auf den Tisch, holte das Buch vom Brett, schlug es auf und begann zu lesen. Und je mehr er las, um so mehr begriff er, und um so heiterer wurde es ihm ums Herz.

Einmal vertiefte sich Martyn bis spät in die Nacht in das Buch. Er las gerade das Evangelium Lukas. Er las das sechste Kapitel und auch die Verse: „Und wer dich schlägt auf einen Backen, dem biete den andern auch dar; und wer dir den Mantel nimmt, dem wehre nicht auch den Rock. Wer dich bittet, dem gib: und wer dir das Deine nimmt, da fordere es nicht wieder. Und wie ihr wollt, daß euch die Leute tun sollen, also tut ihnen gleich auch ihr." Und er las auch weiter die Verse, wo der Herr spricht: „Was heißt ihr mich aber: Herr,

Herr, und tut nicht, was ich euch sage? Wer zu mir kommt und höret meine Rede und tut sie, den will ich euch zeigen, wem er gleich ist. Er ist gleich einem Menschen, der ein Haus baute und grub tief und legte den Grund auf den Fels. Da aber Gewässer kam, da riß der Strom zum Hause zu und mochte es nicht bewegen; denn es war auf den Fels gegründet. Wer aber höret und nicht tut, der ist gleich einem Menschen, der ein Haus baute auf die Erde ohne Grund; und der Strom riß zu ihm zu, und es fiel bald, und das Haus gewann einen großen Riß."

Als Awdejitsch diese Worte gelesen hatte, wurde es ihm freudig zumute. Er nahm seine Brille ab, legte sie auf das Buch, stützte die Ellbogen auf den Tisch und wurde nachdenklich. Und er begann sein Leben mit diesen Worten zu vergleichen. Und er dachte sich: „Und mein Haus? Ist es auf Fels oder Sand gebaut? Gut, wenn auf Fels. Dann ist es einem so leicht zumute, wenn man allein ist und man glaubt, man hätte alles getan, was Gott befohlen; zerstreut man sich aber, so sündigt man wieder. Doch ich will mich stets bemühen. Denn es ist zu gut! Hilf mir, Herr!"

Nachdem er sich das gedacht hatte, wollte er sich hinlegen, aber es tat ihm leid, sich vom Buch loszureißen. Und er las auch noch das siebente Kapitel. Er las von des Hauptmanns Knecht, vom Sohn der Witwe, von der Antwort, die Jesus den Jüngern des Johannes gegeben hatte, und kam zu der Stelle, wo der reiche Pharisäer den Herrn zu sich einlud, und las, wie das sündige Weib seine Füße salbte und mit Tränen benetzte, und wie er es rechtfertigte. Und so kam er bis zum vierundzwanzigsten Vers und las: „Und er wandte sich zu dem Weib und sprach zu Simon: Siehest du dies Weib? Ich bin gekommen in dein Haus, du hast mir nicht Wasser gegeben für meine Füße; diese aber hat meine Füße mit Tränen genetzet und mit den Haaren ihres Hauptes getrocknet. Du hast mir keinen Kuß gegeben; diese aber, nachdem sie hereingekommen ist, hat sie nicht abgelassen, meine Füße zu küssen. Du hast mein Haupt nicht mit Öl gesalbet; sie aber hat meine Füße mit Salben gesalbet."

Als er diese Verse gelesen hatte, sagte er sich: *„Hast mir nicht Wasser gegeben für meine Füße, hast mir keinen Kuß gegeben, hast mein Haupt nicht mit Öl gesalbet . . ."*

Und Awdejitsch nahm wieder die Brille ab, legte sie aufs Buch und wurde wieder nachdenklich: „Der war wohl ebensolcher Pharisäer wie ich. Auch ich habe ja nur an mich selbst gedacht. Daß ich meinen Tee trinke, daß ich in einer warmen Stube sitze und ein gutes Leben habe; an den Gast habe ich aber nicht gedacht. Nur an mich dachte ich, um den Gast kümmerte ich mich nicht. Und wer ist der Gast? Der Herr selbst. Käme er zu mir, würde ich so handeln?"

Und Awdejitsch stützte den Kopf in beide Hände und merkte gar nicht, wie er einnickte.

„Martyn!" hauchte es plötzlich dicht vor seinem Ohr.

Martyn fuhr aus dem Schlaf auf. „Wer ist da?" Er wandte sich um und blickte auf die Tür — niemand war da. Und er nickte wieder ein. Plötzlich hörte er deutlich: „Martyn du, Martyn! Schau morgen auf die Straße, ich werde kommen."

Martyn erwachte, stand vom Stuhl auf und rieb sich die Augen. Er wußte nicht, ob er die Worte im Schlaf oder im Wachen gehört hatte. Er drehte die Lampe aus und legte sich schlafen.

Am andern Tag stand Awdejitsch vor Tagesgrauen auf, betete, heizte ein, setzte Kohlsuppe und Grütze auf, bereitete den Samowar, band sich den Schurz vor und setzte sich ans Fenster um zu arbeiten. So sitzt Awdejitsch da, arbeitet und denkt immer an das Gestrige. Seine Gedanken sind geteilt: bald glaubt er, es sei ihm nur so vorgekommen, und bald, daß er die Stimme wirklich gehört habe. „Nun", sagte er sich, „auch das ist schon vorgekommen."

Martyn sitzt am Fenster, blickt mehr hinaus, als er arbeitet, und so oft jemand in unbekannten Stiefeln vorbeikommt, beugt er sich vor, um nicht nur die Füße, sondern auch das Gesicht zu sehen. Der Hausknecht ging in neuen Filzschuhen vorbei, dann kam der Wasserführer, dann erschien vor seinem Fenster ein alter Soldat aus Kaiser Nikolais Zeiten in geflickten alten Filzstiefeln, mit einer Schaufel in der Hand. Awdejitsch erkannte ihn an diesen Filzstiefeln. Der Alte hieß Stepanytsch und wohnte bei einem Kaufmann in der Nachbarschaft, der ihn aus Barmherzigkeit als Hausknechtsgehilfen angestellt hatte. Stepanytsch begann vor Awdejitschs Fenster den Schnee zu schaufeln. Awdejitsch sah ihm eine Weile zu und machte sich wieder an seine Arbeit.

„Ich bin auf meine alten Tage wohl blöde geworden", lachte Awdejitsch über sich selbst. „Stepanytsch schaufelt den Schnee, und ich glaube, Christus käme zu mir. Ganz blöd bist du geworden, alter Onkel!"

Awdejitsch hatte kaum zehn Stiche gemacht, als es ihn wieder hinzog, durch das Fenster zu blicken. Er blickte wieder durchs Fenster und sah: Stepanytsch hat die Schaufel an die Mauer gelehnt und wärmt sich oder ruht einfach aus.

„Der alte, gebrochene Mann hat wohl nicht mehr die Kraft, Schnee zu schaufeln", denkt sich Awdejitsch. „Soll ich ihm nicht Tee geben? Der Samowar läuft bald über."

Awdejitsch steckt die Ahle ein, steht auf, stellt den Samowar auf den Tisch, brüht den Tee auf und klopft mit dem Finger an die Scheibe. Stepanytsch sieht sich um und kommt ans Fenster. Awdejitsch winkt ihm und geht die Tür aufmachen.

„Tritt ein, wärme dich", sagt er, „bist wohl erfroren?"

„Der Heiland sei mir gnädig, die Knochen tun mir so weh", sagte Stepanytsch.

Stepanytsch kam herein, schüttelte den Schnee ab und begann die Füße abzustreifen, um keine Schmutzspuren auf dem Boden zu machen. Dabei taumelte er.

„Bemüh dich nicht. Ich werde es schon aufwischen, so ist

einmal mein Geschäft. Komm, setz dich", sagte Awdejitsch. „Trink etwas Tee." Awdejitsch schenkte zwei Gläser ein und schob das eine vor den Gast; das seinige aber goß er in die Untertasse und begann zu pusten.

Stepanytsch trank sein Glas aus, stellte es mit dem Boden nach oben, legte den Zuckerrest darauf und dankte. Es war ihm anzusehen, daß er gern noch mehr trinken würde.

„Trink noch eines", sagte Awdejitsch und schenkte sich und dem Gast noch Tee ein.

Awdejitsch trinkt seinen Tee und blickt dabei immer auf die Straße.

„Ob ich auf wen warte? Ich schäme mich zu sagen, auf wen ich warte. Ich warte und warte nicht, aber ein Wort ist mir ins Herz gefallen. Ob es eine Erscheinung oder was anderes war, das weiß ich nicht. Siehst du, Bruder, ich las gestern im Evangelium von Christus, unserem Väterchen, wie er litt und wie er auf Erden wandelte. Hast du was davon gehört?"

„Ich hab' schon was gehört", antwortete Stepanytsch. „Aber wir sind finstere Menschen und können nicht lesen."

„Nun, ich las also, wie er auf Erden wandelte; ich las, weißt du, wie er zum Pharisäer kam und wie der ihn nicht richtig aufnahm. Als ich dieses las, so dachte ich mir: wie hat er nur Christus, unser Väterchen, so ganz ohne Ehren aufnehmen können? Wenn es mir oder wem andern geschehen wäre, denke ich mir, so wüßte ich gar nicht, was ich alles anstellen würde, um ihn zu empfangen. Der machte aber gar keinen Empfang. Das dachte ich mir und nickte ein. Und wie ich so schlafe, Bruder, höre ich, daß mich jemand beim Namen ruft. Ich stehe auf, und es ist mir, wie wenn jemand flüsterte: Erwarte mich, ich komme morgen! Zweimal hörte ich dies. Ob du es mir glauben wirst? Diese Worte haben sich mir im Kopf festgesetzt, ich muß selbst auf mich schimpfen, aber ich warte immer auf ihn, unser Väterchen."

Stepanytsch schüttelte den Kopf und sagte nichts. Er trank seinen Tee aus und legte das Glas auf die Seite. Awdejitsch stellte aber das Glas wieder hin und füllte es noch einmal.

„Trink, laß es dir wohl bekommen. Ich denke mir, daß auch er, unser Väterchen, als er auf Erden wandelte, keinen Menschen verschmähte und meistens mit dem gemeinen Volk umging. Er kam immer zu den einfachen Menschen und wählte auch seine Jünger aus unserem Stande; Arbeiter waren sie wie wir. Wer sich selbst erhöht, sagte er, der wird erniedrigt werden; wer sich aber erniedrigt, der wird erhöht werden. Ihr nennt mich euren Herr, sagte er, und ich will euch die Füße waschen. Wer der Erste sein will, sagte er, soll allen ein Diener sein. Darum, sagte er, sind selig die Armen, die Demütigen, die Sanftmütigen, die reines Herzens sind."

Stepanytsch dachte nicht mehr an seinen Tee. Der alte, rührselige Mensch saß da, hörte zu, und Tränen flossen ihm über das Gesicht.

„Nun, trink noch", sagte Awdejitsch.

Stepanytsch aber bekreuzigte sich, dankte, schob sein Glas fort und stand auf.

„Ich bitte sehr, komm ein anderes Mal wieder, du bist mir immer willkommen", sagte Awdejitsch.

Stepanytsch ging fort, Martyn goß sich den letzten Tee ein, trank ihn aus, räumte das Geschirr weg und setzte sich wieder ans Fenster arbeiten: einen Absatz steppen. Er steppt und blickt immer wieder durchs Fenster: er wartet auf Christus und denkt immer an ihn und seine Werke. Und manche Worte kommen ihm in den Sinn.

Zwei Soldaten gingen vorüber; einer in Kommißstiefeln, der andere in seinen eigenen; dann kam der Hausbesitzer von nebenan in geputzten Galoschen vorbei; nach ihm der Bäcker mit seinem Korb. Alle gingen vorbei. Da kam aber vor sein Fenster eine Frau in wollenen Strümpfen und Bauernschuhen. Sie ging vorbei und blieb zwischen zwei

Fenstern stehen. Awdejitsch blickte durchs Fenster hinauf und sah eine fremde Frau in schlechten Kleidern mit einem Kind im Arm; sie steht an der Mauer, mit dem Rücken gegen den Wind, und will das Kind einhüllen, hat aber nichts Rechtes dazu: ihr Kleid ist für den Sommer gemacht und schon ganz schlecht. Awdejitsch hört durch das Fenster, wie das Kind schreit; die Mutter will es beruhigen und bringt es nicht fertig. Awdejitsch steht auf, geht durch die Tür auf die Treppe hinaus und ruft: „Liebste!" Die Frau hört es und wendet sich um.

„Was stehst du mit dem Kindchen in der Kälte? Komm doch in die Stube, in der Wärme wirst du mit ihm besser fertig. Hierher!"

Die Frau wundert sich. Sie sieht einen alten Mann in Schürze, mit einer Brille auf der Nase; er steht da und ruft sie zu sich.

Und sie folgt ihm.

Sie ging die Treppe hinunter, trat in die Stube, und der Alte führte sie zum Bett.

„Ist keine Milch in den Brüsten, hab' seit dem Morgen selbst nichts gegessen", sagte die Frau, legte aber das Kind doch an die Brust.

Awdejitsch schüttelte den Kopf, ging zum Tisch, nahm eine Schüssel, machte die Ofentür auf, goß in die Schüssel von der Kohlsuppe und nahm den Topf mit der Grütze heraus; die Grütze war aber noch nicht gar; er nahm also nur die Kohlsuppe und stellte sie auf den Tisch. Dann holte er ein Brot hervor, nahm ein Handtuch vom Nagel und legte es auf den Tisch.

„Setz dich", sagte er, „iß, Liebste. Ich will inzwischen mit dem Kind sitzen. Hab' auch eigene Kinder gehabt und verstehe mit ihnen umzugehen."

Die Frau bekreuzigte sich, setzte sich an den Tisch und begann zu essen. Awdejitsch setzte sich aber aufs Bett zum

Kind. Awdejitsch schmatzte lange mit den Lippen, aber es wollte mit dem zahnlosen Munde nicht recht gehen, und das Kind schrie immer. Da kam Awdejitsch auf den Gedanken, dem Kind mit dem Finger zu drohen: er hebt den Finger in die Höhe, führt ihn dem Kind dicht vor den Mund und zieht ihn gleich wieder zurück. In den Mund gibt er ihm den Finger nicht, denn der ist ganz schwarz von Pech. Das Kind sah den Finger immer an und wurde erst ruhig und begann dann zu lachen. Awdejitsch freute sich darüber, die Frau aber aß und erzählte, wer sie war und wohin sie wollte. „Ich bin Soldatenfrau", sagte sie, „meinen Mann hat man vor acht Monaten irgendwo weit fortgeschickt, und ich höre nichts mehr von ihm. Ich war als Köchin in Stellung, als ich das Kind kriegte. Mit dem Kind wollte man mich nicht mehr behalten. So quäle ich mich jetzt schon den dritten Monat ohne Stellung. Habe alles verzehrt, was ich hatte. Wollte als Amme gehen, aber man nimmt mich nicht: bist zu mager, sagen die Leute. Ich ging zu einer Kaufmannsfrau, bei der eine Landsmännin aus unserem Dorf dient, und die versprach, mich zu nehmen. Ich glaubte, sie nimmt mich ganz. Aber sie sagte, ich soll in der nächsten Woche wiederkommen. Und sie wohnt so weit. So müde bin ich geworden, und auch für das Kind war das eine Plage. Es ist noch ein Glück, daß die Wirtin mit uns Mitleid hat und uns um Christi willen im Quartier behält. Sonst wüßte ich gar nicht, wie ich leben sollte."

Awdejitsch seufzte und fragte: „Hast du denn gar keine warme Kleidung?" „Wie sollte ich warme Kleidung haben, lieber Freund? Gestern habe ich das letzte Tuch für zwanzig Kopeken versetzt."

Die Frau ging zum Bett und nahm das Kind. Awdejitsch aber stand auf, ging zur Wand, suchte eine Weile herum und brachte eine alte Halbjacke.

„Hier nimm", sagte er ihr, „das Stück ist zwar schlecht, aber zum Einwickeln kann es noch taugen."

Die Frau sah erst die Jacke und dann den Alten an, nahm die Jacke in die Hand und fing zu weinen an. Awdejitsch wandte sich weg, kroch unters Bett, kramte in seinem Koffer herum und setzte sich wieder der Frau gegenüber.

Und die Frau sagte: „Christus segne dich, Großvater: er war es wohl, der mich vor dein Fenster brachte. Sonst wäre mir das Kind erfroren. Auch hat Er, unser Väterchen, dir wohl befohlen, durchs Fenster zu schauen und dich meiner in meinem Unglück zu erbarmen."

Awdejitsch lächelte und sagte: „Ja, er hat es mir befohlen. So ohne Grund blicke ich nie durchs Fenster hinaus, Liebste."

Und Martyn erzählte auch der Soldatenfrau seinen Traum, wie er die Stimme gehört hatte, und daß der Herr ihm versprochen hatte, heute bei ihm einzukehren.

„Alles ist möglich", sagte die Frau. Sie stand auf, warf sich die Halbjacke um, hüllte das Kind in sie ein, verbeugte sich und begann Awdejitsch nochmals zu danken.

„Nimm es um Christi willen", sagte Awdejitsch und reichte ihr ein Zwanzigkopekenstück: „Wirst dein Tuch auslösen."

Die Frau bekreuzigte sich, auch Awdejitsch bekreuzigte sich und begleitete die Frau hinaus.

Als die Frau gegangen war, aß Awdejitsch von seiner Kohlsuppe, räumte ab und setzte sich wieder an die Arbeit. Er arbeitet, denkt aber immer an das Fenster. Wenn es vor dem Fenster dunkel wird, blickt er gleich hinaus, wer vorbeigegangen ist. Bekannte und auch Unbekannte kamen vorbei, und es war niemand, der ihm aufgefallen wäre.

Da sieht Awdejitsch: gerade vor seinem Fenster bleibt eine alte Hökerin stehen. Sie hat einen Korb mit Äpfeln in der Hand. Nur noch wenig sind ihr übriggeblieben: Hat wohl alles ausverkauft. Auf der Schulter hat sie einen Sack mit Spänen hängen. Die hat sie wohl irgendwo auf einem Neubau gesammelt und geht jetzt heim. Der Sack hat ihr die Schulter abgedrückt, und sie will ihn sicher über die andere Schulter hängen. Sie hat den Sack aufs Pflaster abgesetzt, den Korb mit den Äpfeln auf einen Pfosten gestellt und schüttelt nun die Späne im Sack durch. Wie sie den Sack schüttelt, kommt ein Gassenjunge mit zerrissener Mütze des Weges, nimmt einen Apfel aus dem Korb und will davonrennen. Die Alte merkt es aber, wendet sich nach ihm um und packt den Jungen am Ärmel. Der Junge schlägt um sich und will sich losreißen, die Alte hält ihn aber mit beiden Händen fest, schlägt ihm die Mütze vom Kopf und faßt ihn an den Haaren. Der Junge schreit, die Alte flucht. Awdejitsch hatte nicht mal Zeit, die Ahle in den Tisch zu stecken: er warf sie auf den Boden und sprang zur Tür hinaus. Auf der Treppe stolperte er und ließ die Brille fallen. Wie Awdejitsch auf die Straße gelaufen kommt, hat die Alte den Jungen am Schopf gepackt, schüttelt ihn, flucht und will ihn zum Schutzmann führen; der Junge wehrt sich und leugnet alles.

„Ich habe nichts genommen", sagte er, „was schlägst du mich? Laß los!"

Awdejitsch bringt sie auseinander, nimmt den Jungen bei der Hand und sagt: „Laß ihn los, Großmutter, verzeihe ihm um Christi willen!"

„Ich werd' ihm so verzeihen, daß er bis zu den nächsten Ruten daran denken wird. Auf die Polizei will ich den Spitzbuben bringen!"

Awdejitsch begann die Alte zu bitten.

„Laß ihn", sagte er, „Großmutter, er tut's nie wieder. Laß ihn um Christi willen."

Die Alte ließ den Jungen los; der Junge wollte fortlaufen, aber Awdejitsch hielt ihn zurück.

„Bitte die Großmutter um Verzeihung", sagte er ihm, „und tu es nie wieder. Hab' doch selbst gesehen, wie du den Apfel genommen hast."

Der Junge fing zu weinen an und bat um Verzeihung.

„So ist's recht! Jetzt kriegst du den Apfel."

Awdejitsch nahm aus dem Korb einen Apfel und gab ihn dem Jungen. „Ich werde ihn dir bezahlen, Großmutter", sagte er der Alten.

„So verdirbst du diese Taugenichtse", sagte die Alte. „Ihn muß man so belohnen, daß er sich eine Woche lang nicht hinsetzen kann."

„Ach, Großmutter, Großmutter!" sagte Awdejitsch. „So wäre es wohl, wenn es nach uns ginge, doch bei Gott ist es nicht so. Wenn man den Jungen wegen eines Apfels so züchtigen wollte, was müßte man dann mit uns für unsere Sünden tun?"

Die Alte schwieg.

Und Awdejitsch erzählte der Alten das Gleichnis, wie der Herr dem Knecht die ganze Schuld erließ und wie der Knecht hinging und seinen Schuldner zu würgen begann. Die Alte hörte ihm zu, und auch der Junge hörte zu.

„Gott hat befohlen, alles zu vergeben", sagte Awdejitsch, „sonst wird auch uns nichts vergeben werden. Allen müssen wir vergeben, und einem Unvernünftigen erst recht."

Die Alte schüttelte den Kopf und seufzte.

„Ja, es ist wohl so", sagte sie, „aber sie sind schon gar zu ausgelassen."

„Dann müssen wir beiden Alten sie belehren", sagte Awdejitsch.

„Auch ich denke so", sagte die Alte. „Ich selbst hatte ihrer sieben, und nur eine Tochter ist mir geblieben."

Und die Alte begann zu erzählen, wo und wie sie bei ihrer Tochter wohnte und wieviel Enkel sie hätte.

„Viel Kraft habe ich nicht mehr", sagte sie, „aber ich arbeite doch. Die kleinen Enkel tun mir so leid, und es sind auch wirklich so nette Kinder. Niemand ist so zu mir wie sie. Aksjutka geht sonst zu keinem Menschen. Aber wenn sie

mich sieht, — schreit sie gleich: ‚Großmutter, liebe Großmutter …‘" Und die Alte wurde ganz weich. „Kinder sind
eben die Kinder. Soll er in Gottes Namen gehen! …" sagte
sie, auf den Jungen weisend.

Als die Alte den Sack auf die Schulter heben wollte, sprang
der Junge herzu und sagte:

„Laß mich ihn tragen, Großmutter, ich hab den gleichen
Weg!" Die Alte schüttelte den Kopf und lud den Sack dem
Jungen auf. Und sie gingen Seite an Seite die Straße entlang,
und die Alte hatte ganz vergessen, von Awdejitsch das Geld
für den Apfel zu fordern. Awdejitsch stand noch da, sah
ihnen nach und hörte, wie sie immer miteinander sprachen.

Nachdem er sie mit den Blicken begleitet hatte, kehrte er
zu sich zurück. Er fand die Brille auf der Treppe, — sie war
gar nicht entzweigegangen, — hob die Ahle auf und setzte
sich wieder an die Arbeit. Er hatte nur wenig gearbeitet, als es
dunkel zu werden begann, so daß er die Borsten nicht mehr
einziehen konnte. Der Laternenmann ging vorbei, die Later-
nen anzünden. „Auch ich muß wohl Licht machen", sagte er
sich. Er steckte sein Lämpchen an, hing es auf und arbeitete
weiter. Einen Stiefel machte er ganz fertig. Er drehte ihn hin
und her und sah ihn von allen Seiten an: er war gut. Er legte
sein Werkzeug zusammen, fegte die Lederabfälle vom Tisch,
räumte die Borsten, Drähte und Ahlen weg, stellte die
Lampe auf den Tisch und holte das Evangelium vom Brett.
Er wollte es an der Stelle aufschlagen, wo er gestern ein Stück
Saffianleder eingelegt hatte, das Buch öffnete sich aber an
einer anderen Stelle. Und wie er das Buch aufschlägt, fällt
ihm wieder der gestrige Traum ein. Und wie ihm der Traum
einfällt, hört er plötzlich hinter sich ein Geräusch wie von
Schritten. Awdejitsch dreht sich um und sieht: da stehen
wirklich Menschen, in der dunklen Ecke stehen Menschen,
und er kann nicht erkennen, wer sie sind. Und eine Stimme
flüstert ihm ins Ohr:

„Martyn! Martyn! Hast du mich nicht erkannt?"

„Wen?" fragte Awdejitsch.

„Mich", sagte die Stimme. „Das bin ja ich."

Und aus der dunklen Ecke kam Stepanytsch hervor. Er lächelte und zerrann wie eine Wolke und war nicht mehr ...

„Auch das bin ich", sagte eine Stimme.

Und aus der dunklen Ecke trat die Frau mit dem Kind hervor, und die Frau lächelte, und das Kind lachte, und auch sie verschwanden.

„Auch das bin ich", sagte eine Stimme.

Und die Alte und der Junge mit dem Apfel traten hervor. Und beide lächelten und verschwanden.

Und es wurde Awdejitsch so freudig ums Herz, er bekreuzigte sich, setzte die Brille auf und begann im Evangelium zu lesen, wo er es aufgeschlagen hatte. Oben auf der Seite las er:

„Denn ich bin hungrig gewesen, und ihr habt mich gespeiset. Ich bin durstig gewesen, und ihr habt mich getränket. Ich bin ein Gast gewesen, und ihr habt mich beherberget ..."

Und unten auf der Seite las er:

„Was ihr getan habt einem unter diesen meinen geringsten Brüdern, das habt ihr mir getan" (Matthäus 25).

Und Awdejitsch begriff, daß der Traum ihn nicht getäuscht hatte, daß sein Heiland an diesem Tag zu ihm gekommen war, und daß er ihn wirklich empfangen hatte.

Der Stärkere

Eine Legende

Vor alten Zeiten lebte ein guter Herr. Von allem hatte er genug, und viele Knechte dienten ihm. Und die Knechte rühmten sich ihres Herrn und sagten: „Es gibt unter dem Himmel keinen besseren Herrn als den unseren. Er nährt und kleidet uns gut, gibt uns Arbeit nach unseren Kräften, kränkt uns nicht mit Worten und trägt keinem etwas nach; er ist nicht so wie die anderen Herren, die zu ihren Knechten schlechter sind als zum Vieh, sie für jede Schuld und auch ohne Schuld bestrafen und ihnen niemals ein gutes Wort sagen. Der Unsrige will uns Gutes, tut uns Gutes und sagt uns Gutes. Wir wünschen uns kein besseres Leben."

So rühmten sich die Knechte ihres Herrn. Und es ärgerte den Teufel, daß die Knechte gut und in Liebe mit ihrem Herrn lebten. Und der Teufel gewann Gewalt über einen der Knechte mit Namen Aleb. Er befahl ihm, die anderen Knechte zu verführen. Als alle Knechte einmal der Ruhe pflegten und ihren Herrn priesen, erhob Aleb seine Stimme und sagte: „Was rühmt ihr euch so der Güte unseres Herrn, Brüder? Auch der Teufel ist gut, wenn man ihm den Willen tut. Wir dienen unserem Herrn gut und sind ihm in allen Dingen gefällig. Kaum wünscht er sich etwas, so tun wir es gleich, und wir erraten alle seine Gedanken. Wie sollte er nicht gut gegen uns sein? Wenn ihr aber aufhört, ihm gefällig zu sein, und ihm Böses tut, so wird er wie die anderen sein und das Böse mit Bösem vergelten, noch grimmiger als die grimmigsten Herren." Und die andern Knechte begannen mit Aleb zu streiten. Sie stritten mit ihm und gingen eine Wette ein. Aleb übernahm es, den guten Herrn zu erzürnen. Wenn er den Herrn nicht erzürnt, verliert er sein Festkleid.

Wenn es ihm aber gelingt, den Herrn zu erzürnen, so geben ihm alle Knechte ihre Festkleider und schützen ihn vor dem Herrn: wenn man ihn in Eisen legt oder ins Gefängnis sperrt, müssen sie ihn befreien. Sie gingen diese Wette ein, und Aleb versprach, den Herrn am andern Morgen zu erzürnen.

Aleb diente seinem Herrn in den Schafställen und hatte die teuren Zuchtwidder zu warten. Als der gute Herr am Morgen mit seinen Gästen in die Schafhürde kam und ihnen seine teuren Lieblingswidder zeigen wollte, blinzelte des Teufels Knecht seinen Genossen zu: „Seht, jetzt werd' ich den Herrn erzürnen." Alle Knechte versammelten sich draußen und blickten durch die Tür und über den Zaun herein. Der Teufel aber stieg auf einen Baum und sah von dort in den Hof, wie sein Knecht ihm dienen würde. Der Herr ging mit den Gästen durch den Hof, zeigte ihnen seine Schafe und Lämmer und wollte ihnen seinen besten Zuchtwidder zeigen. „Auch die anderen Widder sind gut", sagte er, „aber dieser dort mit den gewundenen Hörnern ist unbezahlbar; er ist mir teurer als mein Augapfel." Die Schafe und Böcke rennen erschrocken durch den Hof, und die Gäste können den teuren Widder nicht betrachten. Kaum bleibt dieser Widder stehen, so scheucht des Teufels Knecht zufällig die Schafe auf, und sie geraten wieder durcheinander. Die Gäste können nicht unterscheiden, welcher der teure Widder ist. Der Herr wurde der Sache überdrüssig und sagte: „Aleb, lieber Freund, bemüh dich doch und fange den besten Widder mit den steilen Hörnern vorsichtig ein und halte ihn fest." Wie der Herr dies sagte, stürzte Aleb wie ein Löwe unter die Widder und packte das kostbare Tier. Er packte es am Vließ und zugleich am linken Hinterbein und riß das Bein vor den Augen des Herrn aufwärts, so daß es knackte wie ein junger Lindenstamm. So brach Aleb dem Widder das Bein unterhalb des Knies. Der Widder blökte und fiel in die Vorderknie; Aleb faßte ihn am rechten Bein, und das linke fiel zurück und blieb wie eine Peitschenschnur hängen. Alle Gäste und Knechte schrien auf; der Teufel aber freute sich, als er sah, wie klug Aleb seine Sache gemacht hatte. Der Herr wurde finsterer als die Nacht, runzelte die Stirn und ließ den Kopf hängen und sagte kein Wort. Auch die Gäste und die Knechte schwiegen ... Sie warteten, was nun kommen würde. Der Herr schwieg eine Weile, schüttelte sich dann, als wollte er von sich etwas abwerfen, hob den Kopf und sah zum Himmel empor. Nicht lange blickte er hinauf; da glätteten sich seine Runzeln, er lächelte und richtete den Blick auf Aleb. — Er sah Aleb lächelnd an und sagte: „O Aleb, Aleb! Dein Herr hat dir befohlen, mich zu erzürnen. Aber mein Herr ist stärker als der deinige: du hast mich nicht erzürnt, aber ich werde deinen Herrn erzürnen. Du fürchtest, ich würde dich bestrafen, und du wolltest frei sein. Wisse nun, Aleb, daß du von mir keine Strafe zu erwarten hast; und da du frei sein willst, so gebe ich dir hier vor meinen Gästen die Freiheit. Geh, wohin du willst, und nimm dein Festkleid mit."

Und der gute Herr ging mit seinen Gästen ins Haus. Der Teufel aber knirschte mit den Zähnen, fiel vom Baum und fuhr in die Erde.

Der Blinde und die Milch

Einer, der von Geburt blind war, fragte einen Sehenden: „Von welcher Farbe ist die Milch?" Der Sehende sagte: „Milch hat die gleiche weiße Farbe wie leeres Schreibpapier." Der Blinde fragte: „Ach, so ist das weiß, was unter den Händen knistert wie Papier?" Der Sehende sagte: „Nein; Milch ist weiß, wie Mehl weiß ist." Der Blinde fragte: „Ach so, daß Weiße ist weich und stäubt wie Mehl?" Der Sehende sagte: „Nein, es ist weiß, wie eben ein Schneehase weiß ist." Der Blinde fragte: „Also flaumig und so weich wie ein Hasenfell ist das Weiße?" Der Sehende sagte: „Nein, nur einfach eben weiß ist das Weiße — wie Schnee." Der Blinde fragte: „Aha, also kalt wie Schnee?" und so viele Beispiele der Sehende auch vorbrachte, der Blinde konnte nicht fassen, was das Weiße sei.

Der Muschik und der Wassermann

Ein Märchen

Einem Bauern fiel das Beil in den Fluß. Er setzte sich bekümmert ans Ufer und weinte. Das hörte der Wassermann. Der Bauer tat ihm leid, und er brachte aus dem Fluß ein goldenes Beil. „Dein Beil?" fragte er. Der Bauer sagte: „Nein, meins nicht." Der Wassermann zeigte ihm ein andres, ein silbernes Beil. Der Bauer sagte wieder: „Das ist nicht mein Beil." Jetzt brachte der Wassermann das richtige zum Vorschein. Der Bauer sagte: „Das ist mein Beil." Der Wassermann schenkte ihm alle drei.

Zu Hause zeigte der Bauer herum, was er vom Wassermann bekommen hatte, und erzählte, wie es zugegangen war. Da kam ein Muschik auf den Gedanken, es genau so zu machen. Er ging an den Fluß, warf absichtlich sein Beil ins Wasser, setzte sich ans Ufer und weinte. Der Wassermann brachte das goldene Beil hervor und fragte: „Dein Beil?" Der Muschik war hocherfreut und rief: „Meins, meins!"

Und der Wassermann gab ihm weder das goldene noch das, welches der Muschik ins Wasser geworfen hatte.

Das Hemd des Glücklichen

Ein russischer Zar war krank. Er sagte: Die Hälfte des Reiches gebe ich dem, der mich gesund macht. Da versammelten sich alle Weisen und überlegten, wie man den Zaren gesund machen könnte. Doch keiner wußte wie. Nur einer der Weisen erklärte, daß es möglich sei, den Zaren zu heilen. Er sagte: „Man muß einen glücklichen Menschen ausfindig machen, dem das Hemd auszuziehen und das Hemd dem Zaren anziehen. Dann wird der Zar gesund."

Der Zar schickte überall hin, daß man in seinem weiten Reich einen glücklichen Menschen suche. Aber die Beauftragten fuhren lange im Land umher und konnten keinen Glücklichen finden. Nicht einen gab es, der zufrieden war. Wer reich war, war krank; wer gesund war, war arm; wer gesund und reich war, der hatte ein böses Weib; und bei dem und jenem stimmte es mit den Kindern nicht. Über irgend etwas klagten alle.

Da ging der Sohn des Zaren einmal spät abends an einer armseligen Hütte vorbei und hörte jemanden sagen: „Gottlob, zu tun gab es heute wieder genug, satt bin ich auch und leg mich nun schlafen. Was braucht es mehr?"

Der Zarensohn freute sich und befahl, diesem Menschen das Hemd auszuziehen und ihm dafür Geld zu geben, soviel er wolle, und das Hemd gleich dem Zaren zu bringen.

Die Beauftragten gingen zu dem glücklichen Menschen hin und wollten ihm das Hemd ausziehen. Aber siehe — der Zufriedene war so arm, daß er nicht einmal ein Hemd besaß.

Iljaß

Im Gouvernement Ufa lebte der Baschkire Iljaß. Nach dem Tode seines Vaters war ihm kein großer Reichtum geblieben. Der Vater hatte ihn verheiratet und war schon nach einem Jahr gestorben. Iljaß besaß damals sieben Stuten, zwei Kühe und an die zwanzig Schafe. Iljaß verstand aber gut zu wirtschaften und begann sein Vermögen zu mehren; vom frühen Morgen bis zum späten Abend arbeitete er mit seiner Frau, stand früher als alle auf, legte sich später als alle schlafen und wurde mit jedem Jahr reicher. So lebte Iljaß fünfunddreißig Jahre in steter Arbeit und erwarb sich ein großes Vermögen. Nun besaß er zweihundert Pferde, hundertundfünfzig Stück Rindvieh und zwölfhundert Schafe. Seine Knechte hüteten die Pferde- und Viehherden, die Mägde melkten die Stuten und die Kühe und machten Kumyß, Butter und Käse. Von allem hatte Iljaß genug, und alle Leute in der Umgegend beneideten ihn um sein Leben. Sie sagten: „Glücklich ist dieser Iljaß: von allem hat er genug, er braucht gar nicht zu sterben." Auch gute, angesehene Leute verkehrten mit Iljaß, und selbst aus fernen Gegenden kamen zu ihm Gäste gefahren. Und Iljaß nahm sie alle auf und gab ihnen zu essen und zu trinken. Wer zu ihm auch kam, ein jeder bekam Kumyß, Tee, Fischsuppe und Hammelfleisch. Sooft ein Gast kam, wurden sofort ein oder zwei Hammel geschlachtet, und wenn viele Gäste kamen, so schlachtete man auch ein Stute.

An Kindern hatte Iljaß zwei Söhne und eine Tochter. Er hatte sie schon alle verheiratet. Als Iljaß noch arm war, arbeiteten die Söhne mit ihm und hüteten die Pferdeherden und die Schafe; als sie aber reich geworden waren, führten die Söhne ein leichtsinniges Leben, und einer begann zu trinken. Der Ältere wurde in einem Streit erschlagen. Der Jüngere aber hatte ein hochmütiges Weib bekommen und wollte dem Vater nicht mehr gehorchen, und Iljaß mußte ihm sein Erbteil geben und sich von ihm trennen.

Iljaß gab ihm also ein Haus und Vieh, und sein eigener Reichtum wurde geringer. Bald darauf kam eine Seuche über seine Schafe, und viele gingen ein. Dann kam ein Hungerjahr, das Heu mißriet, und im Winter verendete viel Vieh. Dann raubten ihm die Kirgisen seine beste Pferdeherde, und sein Reichtum nahm noch mehr ab. Und Iljaß sank immer tiefer und tiefer. Auch mit seinen Kräften ging es abwärts. Mit siebzig Jahren war Iljaß so weit, daß er Pelze, Teppiche, Sättel und Zelte verkaufen mußte; dann verkaufte er auch sein letztes Vieh, und schließlich hatte er nichts mehr. Er wußte selbst nicht, wie das gekommen war, und so mußte er auf seine alten Tage mit seiner Frau zu fremden Leuten ziehen. Er hatte nur noch die Kleider, die er am Leib trug: einen Pelz, eine Mütze, Lederstrümpfe und Schuhe an den Füßen, und dazu seine Frau, Scham-Schemagi, die auch schon alt war; das war sein ganzer Besitz. Sein Sohn, den er abgefunden, war in ein fernes Land gezogen, und die Tocher war schon tot. Und niemand war da, der den alten Leuten helfen konnte.

Ihr Nachbar, Muhamedschah, erbarmte sich der alten Leute. Muhamedschah selbst war weder arm noch reich; er lebte in mäßigem Wohlstand und war ein guter Mensch. Er gedachte der einstigen Gastfreundschaft des Iljaß, hatte Mitleid mit ihm und sagte zu ihm: „Komm zu mir wohnen, Iljaß, du und deine Alte. Im Sommer wirst du mir nach Kräften auf meinem Kürbisfeld helfen und im Winter mein Vieh füttern; Scham-Schemagi kann aber die Stuten melken und den Kumyß machen. Ihr bekommt von mir Nahrung und Kleidung, und wenn ihr sonst noch was braucht, so sagt es mir, und ich geb' es euch." Iljaß dankte dem Nachbarn und zog mit seinem Weibe als Knecht zu Muhamedschah. Anfangs fiel es ihm schwer, dann gewöhnten sich die Alten daran und arbeiteten nach ihren Kräften. Es war für Muhamedschah von Vorteil, solche Leute bei sich zu halten, denn die Alten hatten einst eigene Wirtschaft gehabt, kannten alles und arbeiteten fleißig nach ihren Kräften; es tat aber Muhamedschah weh, zu sehen, daß so vornehme Leute so tief gesunken waren.

Einst geschah es, daß zu Muhamedschah Verwandte von weit her zu Besuch kamen; auch der Molla kam zu ihm. Muhamedschah befahl Iljaß, einen Hammel einzufangen und zu schlachten. Iljaß häutete den Hammel, kochte ihn und schickte ihn zu den Gästen hinein. Die Gäste aßen vom Hammelfleisch, tranken Tee und machten sich an den Kumyß. Die Gäste sitzen mit dem Hausherrn auf Daunenkissen und Teppichen, trinken aus Tassen Kumyß und sprechen miteinander. Iljaß ist eben mit seiner Arbeit fertig geworden und geht am Zelteingang vorbei. Muhamedschah sieht ihn und fragt einen der Gäste: „Hast du den Alten gesehen, der eben vorbeigegangen ist?" — „Ich hab' ihn wohl gesehen", sagte der Gast, „was ist denn an ihm so merkwürdig?" — „Merkwürdig ist an ihm, daß er einst der reichste Mann war; er heißt Iljaß, — hast du von ihm noch nicht gehört?" — „Wie sollte ich von ihm nicht gehört haben?" sagte der Gast. „Gesehen habe ich ihn nie, aber sein Ruf war weit verbreitet." — „Nun ist ihm nichts mehr geblieben, er lebt bei mir als Knecht, und auch seine Alte ist mit ihm und melkt meine Stuten."

Der Gast wunderte sich, schnalzte mit der Zunge, schüttelte den Kopf und sagte: „Das Glück dreht sich wohl wie ein Rad: den einen hebt es hoch, den anderen läßt es sinken. — Aber darf ich vielleicht fragen: Der Alte härmt sich wohl?" — „Wer kann das wissen? Er lebt still und schweigsam dahin und macht seine Arbeit gut." Und der Gast sagte: „Darf ich mit ihm sprechen? Gerne möchte ich ihn befragen über sein

Leben." — „Warum nicht?" sagt der Wirt und ruft aus dem Zelt: „Babai (das heißt auf baschkirisch Großvater), komm herein, trink Kumyß und bring auch deine Alte mit." Und Iljaß trat mit seiner Frau ein. Iljaß begrüßte die Gäste und den Hausherrn, sprach das Gebet und kauerte am Eingang nieder; seine Frau ging aber hinter den Vorhang und setzte sich zu der Wirtin.

Man gab Iljaß eine Tasse Kumyß. Iljaß wünschte den Gästen und dem Hausherrn Gesundheit, trank ein wenig und stellte die Tasse hin. „Nun, Großvater", sagte zu ihm der Gast, „ist es dir nicht schmerzlich, wenn du uns siehst und an dein früheres Leben denkst, wie du jetzt im Elend bist?" Iljaß aber lächelte und sagte: „Wenn ich zu dir von Glück und Unglück spreche, wirst du es mir nicht glauben wollen. Frag doch lieber meine Alte: sie ist ein Weib, und was sie auf dem Herzen hat, das hat sie auch auf der Zunge: sie wird dir die reine Wahrheit sagen." Und der Gast rief hinter den Vorhang: „Großmutter, sag mir doch, was denkst du dir über dein früheres Glück und dein jetziges Unglück?" Und Scham-Schemagi antwortete hinter dem Vorhang: „Ich denke mir so: fünfzig Jahre lebte ich mit meinem Alten, wir suchten Glück und fanden es nicht; aber seit zwei Jahren, seitdem wir nichts mehr besitzen und als Knechte leben, haben wir das richtige Glück gefunden und wollen kein anderes."

Die Gäste wunderten sich, und auch der Hausherr wunderte sich. Er erhob sich sogar und warf den Vorhang zurück, um die Alte zu sehen. Die Alte stand aber mit gekreuzten Armen da, lächelte und sah ihren Alten an, und auch der Alte lächelte. Und die Alte sagte noch einmal: „Ich spreche die Wahrheit, und ich scherze nicht: fünfzig Jahre haben wir das Glück gesucht und konnten es, solange wir reich waren, nicht finden; und jetzt, wo uns nichts mehr geblieben ist und wir bei fremden Menschen leben müssen, haben wir solches Glück gefunden, daß wir gar kein besseres brauchen." – „Worin liegt denn euer jetziges Glück?" – „Es liegt darin: Als wir reich waren, hatten wir beide nicht eine Stunde Ruhe, um uns auszusprechen, an die Seele zu denken und zu Gott zu beten. So viel Sorgen hatten wir. Bald kamen Gäste zu uns, und wir hatten Sorge, womit sie bewirten, womit sie beschenken, damit sie nicht schlecht über uns sprechen. Bald waren die Gäste fort, und wir mußten auf die Knechte aufpassen, die ja nur immer ruhen und gut essen wollen; wir aber waren auf unseren Vorteil bedacht und sündigten so. Bald hatten wir die Sorge, daß der Wolf nicht ein Fohlen oder ein Kalb zerreiße, daß die Diebe uns nicht eine Pferdeherde forttreiben. Und wenn wir uns schlafen legten, konnten wir nicht einschlafen aus Angst, daß die Schafe die Lämmer nicht erdrücken. Und wir standen in der Nacht auf und gingen herum. Und kaum war man diese Sorge los, so hatte man gleich eine neue: wie man sich Futter für den Winter beschafft. Das war aber noch nicht alles: wir lebten nicht in Eintracht miteinander. Er sagt, man müsse das so machen, und ich sage, anders. Und wir fangen zu streiten an und sündigen wieder. So lebten wir von der einen Sorge zur anderen, von der einen Sünde zur anderen, und sahen gar kein glückliches Leben." – „Nun, und wie ist es jetzt?" – „Wenn wir jetzt aufstehen, sprechen wir immer in Liebe und Eintracht miteinander, denn wir haben nichts, worüber zu streiten, und nichts, um was zu sorgen. Unsere einzige Sorge ist, unserem Herrn zu dienen. Wir arbeiten nach unseren Kräften, wir arbeiten gern, damit der Herr keinen Schaden, sondern einen Gewinn hat. Kommen wir heim, so ist ein Mittagessen da, auch ein Abendessen und Kumyß. Ist es uns kalt, so haben wir getrockneten Kuhmist zum Heizen und auch Pelze. Und wir haben Zeit, uns auszusprechen und an die Seele zu denken und zu Gott zu beten. Fünfzig Jahre suchten wir das Glück und haben es jetzt erst gefunden."

Die Gäste lachten.

Iljaß aber sagte: „Lacht nicht, Brüder, das ist kein Scherz, sondern so ist das Menschenleben. Auch wir beide waren einst töricht und weinten über den verlorenen Reichtum, jetzt hat uns aber Gott die Wahrheit offenbart, und wir enthüllen sie euch nicht zu unserem Vergnügen, sondern euch zum Heil."

Und der Molla sagte: „Das ist eine kluge Rede, und Iljaß hat die reine Wahrheit gesprochen. So steht es auch in der Schrift." Und die Gäste hörten zu lachen auf und wurden nachdenklich.

In der Reihe »Juwel« sind bisher erschienen:

Hans Schimmelpfeng
Annekath
Aus einem alten Kirchenbuch
Edition C, Nr. J 8, 120 Seiten

Manfred Huy (Hrsg.)
In Gottes Hand
Erzählungen
Edition C, Nr. J 9, 84 Seiten

Dorothea Hollatz
Kleines Herz aus rotem Leder
Erzählungen
Edition C, Nr. J 10, 96 Seiten

Daniela Zabel-Plothow
Alles, was der Mensch braucht
Erzählungen
Edition C, Nr. J 12, 112 Seiten

Leo Tolstoi
Die Kerze
Erzählungen
Edition C, Nr. J 13, 72 Seiten

Weitere Titel in Vorbereitung

Verlag der
Francke-Buchhandlung
GmbH
Marburg an der Lahn